あなたが今後手にするのは全て私が屑籠に捨てるものです

Satsuki Otonashi
音無砂月

Illustration:Ryo Mikoshiba
御子柴リョウ

CONTENTS

あなたが今後手にするのは
全て私が屑籠に捨てるものです

I．回帰前

「スフィア・ラーク、お前との婚約を破棄する」

「ワーグナー、殿下……何を、急に」

「お前のような暗い女は王族である俺の婚約者に相応《ふさわ》しくはないっ！　俺はこのアリエスと婚約する」

「ごめんなさい、お姉様。お姉様には悪いと思ったんだけど、私、ワーグナー様のことを好きになってしまったの。お姉様とワーグナー様の婚約って政略なんでしょう？　だったら別にいいわよね。そこに愛があるわけでもないし、それに私もラーク公爵家の人間だから何も問題はないはずよ」

「お、お父様がそんなこと許すわけが」

「許可ならもうもらっているわ。無能なお姉様よりも私の方がワーグナー様の婚約者に相応しいって。当然よね。私はお姉様と違って特別なんだから」

　生まれた時から私の世界は灰色だった。

　息を殺して、感情を殺してただひっそりとそこにいた。そうすれば誰にも殴られなかったから。でも、そんな私を婚約者であるワーグナー様はお気に召さなかった。

　だったらどう生きれば良かったの？

　暴力を振るわれることを承知で自分を通せば良かったの？

　誰もその痛みを肩代わりしてくれないのに。

　私とワーグナー様の婚約は破棄された。

アリエスは元男爵令嬢。彼女の両親が事故で死んだ為、親戚であるラーク公爵家が養女として迎え入れた。

父アトリは婿養子で、お母様が彼に一目惚《ひとめぼ》れをしたので身分差はあるけど結婚することができた。アリエスは父の姪《めい》にあたる。

そのせいか、父はアリエスを殊の外可愛がっていた。逆に亡き母に似ている私を嫌っていた。公爵家の力を使って父と結婚した母のことが好きではなかったのだろう。

王族から婚約破棄され、庇《かば》ってくれる家族もない私は「婚約破棄された傷物令嬢」「余りもの」と揶揄《やゆ》された。そんな私にまともな縁談なんて来るはずがなく、すぐにでも家を追い出されるだろうと思っていた。

ところが鉱山を持ち、貿易業で財を成している、今や上流階級ですらも無視できないほどの資産を持っているキンバレー子爵家から縁談の申し込みがあった。

「お前のような娘でも役に立つこともあるんだな。さすがは権力に物を言わせて男を手に入れる女の娘。男を手玉に取るのは上手いと見える」

父は私をそう蔑《さげす》み、喜んでその縁談を受けた。

縁談の相手はダハル・キンバレー。使用人を母に持つ妾《めかけ》の子だけど年齢は二十六歳。私は十八歳だから年齢差は問題ない。祖父の年齢のような人に嫁がされるよりはマシかとその時は思った。――まさかあんな地獄が待っているとは思いもしなかった。

キンバレー子爵家に嫁いで五年後、私は夫であるダハル・キンバレーが原因でこの世を去った。享年二十三であった。

Ⅱ．回帰後

バシンッ

頬《ほほ》に強い衝撃が走り、真っ暗になっていた意識が一気に開けた。

私の目に飛び込んできたのは険《けわ》しい顔をした父だった。

なぜお父様がここにいるの？

私はキンバレー子爵家にいるのに。それに結婚してから一度もお父様は私に会いに来てくださらなかった。何度も、何度も手紙を書いた。「助けて」という手紙を。けれど返事が来たことはなかった。

私がどうなっていようとお父様には関係のないことだった。寧《むし》ろ私が死んだと知って喜んだかもしれない。そういう人だった。

「何をボサッとしている。さっさとサインをしろ」

「サイン？」

そう言われて初めて私は自分がお父様の書斎にいることに気づいた。

お父様の書斎？

私はラーク公爵家に帰ってきたの？

どうやって？

そもそもどうして私は生きているの？

私はダハルに殺されたはずなのに。

そういえばサインって言っていた。

「えっ」

私の手には羽ペンが握られており、机の上の書類にはアリエスをラーク家の養女にする旨《むね》が記載されていた。

どういうこと？

まるで分からない。アリエスは既に公爵家の養女で、私の婚約者だったワーグナー・ヴィザール第三王子と結婚したはず。そしてワーグナー殿下が公爵家の当主になったはずなのに。

どうして私の手元にアリエスを養女にする為に必要な書類が未処理のままあるの？

それだけじゃないわ。書類の日付が七年前に戻っている。

アリエスを養女に迎えた時、私は十六歳だったはず。──つまり、死ぬ前に時間が戻っている？

回帰したんだ。どうしてかは分からない。でも目の前に父がいて、すでに養子縁組したはずのアリエスともう一度養子縁組しろなんて馬鹿なことを言っているということはそうだろう。

書類に書かれている日付からも現在の私の年齢が十六歳なのは確かだ。だからこれは回帰だ。もう一度やり直せる。もう一度やり直そう。今度は間違えないように。

「スフィアっ」

バシンッ

再び頬に強い衝撃が走った。

遅れて頬を叩かれたのだと理解した。そうか、さっきも頬を叩かれたのか。

暴力を振るわれ続けると痛みが麻痺《まひ》するのか、どうしても理解が遅れてしまう。

「……嫌です」

「は？」

もう二度とあんな人生は送りたくない。

みんなが私を見て嗤《わら》う。私を嘲《あざけ》る。どうして私はこんな惨《みじ》めな人生を送らないといけないの？

耐えて、耐えて、耐え続けてその結果が殴り殺されるの？

「嫌です。嫌です。嫌です。嫌ですっ！」

もう二度とあんな人生は御免《ごめん》だ。

あんな辛くて、苦しくて、痛いだけの人生なんて。

「っ」

さっきよりも強い衝撃がきた。

杖《つえ》で頭を殴られたのだ。私の体は床に転がり、頭から血が流れた。

……痛い

「アリエスは両親を事故で亡くしたんだぞっ！　お前はあの子が可哀想《かわいそう》だと思わないのか？　お前の従妹《いとこ》だっ！　なぜ助けてやれない」

可哀想？

両親を事故で亡くしたのは確かに可哀想なのかもしれない。

じゃあ、私は？

どうして私がアリエスを助けないといけないの？

アリエスは私の婚約者も、ラーク公爵家も私から奪っていった。

私は傷物令嬢として社交界で嗤われた。でもアリエスもお父様も庇ってくれなかった。

子爵家に嫁いで、毎日暴力を振るわれる生活を送るようになった。私、二人に何度も手紙を書いたのよ。助けてって。でも、あなたたちからの返事はなかった。

私は死んだのよ。誰にも助けられることなく、誰にも看取《みと》られることなく。一人、寂しく。あの牢獄のような場所で死んだのよ。

ねぇ、その時あなたたちは何をしていた？

私のことなんか忘れて幸せに暮らしたの？

私のことなんかどうでも良かった？

ねぇ、私はあんな人生を送らなければならないほど酷《ひど》いことをしたの？

お父様は床に転がった私の体を何度も何度も杖で殴った。

殴られた場所はジンジンと熱を帯びる。

散々殴って疲れたのか、お父様は手を止めた。私の腕を摑《つか》み、ソファーに座らせるとペンを持たせる。アリエスを養女にする為の書類にサインをしろということだ。

お父様は元男爵家の人間で婿養子だから私の許可がないとアリエスを養女に迎え入れることはでき

ない。それに今は当主代理の座に座っているけどラーク家の血が入っていないお父様を正式に当主にすることもできない。ラーク家唯一の跡継ぎは私のみ。お父様は私が成人するまでの間の中継ぎの当主なのだ。

きっとその事実がお父様のプライドを傷つけているのだろう。

「さっさとサインをしろっ！」

「……嫌です」

「っ」

バシンッ

再び頬を叩かれた。昔からそうだった。気に入らないことがあるとすぐに暴力を振るう。暴力でしか人を従わせることができないなんて。

「さすがはあの悪女の娘だけある。両親を亡くした哀れな従妹を平気で見捨てようとは。お前たち母娘はまるで悪魔の化身のようだ。残念だよ。今が一昔前の時代だったら魔女裁判にかけられたのに」

悪女とは私のお母様、つまりお父様の妻にあたる女性のことだ。

お母様はお父様に一目惚れして公爵家の力を使って無理やり婚姻したと聞いている。そのせいかお父様は周囲からかなりの嫌味を言われたそうだ。

逆玉の輿《こし》になるが、身の丈に合わない結婚はその分気苦労も多かったのだろう。だからお父様はお母様のことを嫌っている。

「私は確かにお母様の血を引く娘ですが半分はあなたの血です。私の性格が悪いと仰《おっしゃ》るのなら果たしてどちらの血を濃く継いでしまったのでしょうね」

お前も性格が悪いと遠回しに言ってやるとお父様は怒りで顔を赤くした。額に浮き出た血管が今にもはち切れそうだ。

「気でも狂ったか」

そうね。きっと狂ってしまったのでしょうね。そうでなければお父様に対してそんなことは言わない。いつもの私ならお父様に愛されたくて全てに従った。

成人しても当主代理の座をお父様から奪おうとはしなかった。

でもお父様が私を顧みることはなかった。きっとお父様にとって私は路傍《ろぼう》の石だったのだろう。

「暫《しばら》く部屋に閉じ込めておけ」

使用人に命じてお父様は部屋を出ていった。

「いっそ狂ってしまえれば良かったのに」

一人になって呟《つぶ》いた言葉に自嘲する。

前の私なら大人《おとな》しくサインをしただろう。絶対に逆らわなかった。愛されたかったから。でもそれと同じくらい父のことが怖かった。

機嫌を損ねればどうなるかを嫌という程知っていたから。

でも、何を恐れる必要がある？

婿養子のお父様は所詮、中継ぎの当主代理。全権を掌握しているわけではない。私のサインがなければ自分の姪を養女に迎えることすらできないのだから。

「ワーグナーさまぁ、本当に頂いてよろしいんですか？」

「当たり前だろ」

「でも、私なんかよりもお姉様の方がきっとお似合いになりますわ」

私の部屋は陽光が入り込まない邸の最奥。その窓から見えるのは裏庭。そこからワーグナーとアリエスの声が聞こえた。

ワーグナーは小箱をアリエスに渡していた。中身は髪飾りのようだ。

彼女は私に悪いと言いながら頬を染めて嬉しそうにそれを受け取る。私の方が似合うと言いながらその目は絶対に自分の方が相応しいと雄弁に語っている。

「あんな陰気な女に似合うわけがないだろ。地味で陰気な、あんな女が俺の婚約者だなんて父上も何を考えているんだか。あんな女は王族である俺に相応しくはない」

「まぁ、ワーグナー様ったら。お姉様に悪いわ。幾《いく》ら本当のことでも心に留めるだけにしておきませんと、傷ついてしまいます」

「アリエスは本当に優しいな。あの女にもアリエスのような優しさが少しでもあれば良いのに。容姿だけではなく中身も醜いとは。容姿と内面の美しさを兼ね備えたお前が婚約者であれば、どれほど良かったか」

「でも、私はただの男爵令嬢ですわ。ワーグナー様には相応しくありません」

「何を言う。お前こそ俺に相応しい。それに、今は男爵令嬢でもじき、公爵令嬢だ。そうすればあんな女すぐに捨ててお前を婚約者に迎え入れよう。きっと父上も許してくださる」

「ワーグナー様。嬉しい」

アリエスはキラキラした眼差《まなざ》しでワーグナーを見つめ、彼の胸にそっとすり寄る。

そんな二人を部屋から見ていた私は何もかもが馬鹿らしくなった。

どうしてこんな奴らの為に耐えてきたのだろう。耐える必要なんてないじゃないか。

「お望み通り婚約破棄してあげるわ」

ワーグナーもアリエスもまだ知らない。私が今日、アリエスを養女にする書類にサインをしなかったことを。そしてアリエスは知らない。ワーグナーに必要なのはアリエスではなく公爵令嬢であることを。

「もし、アリエスが公爵令嬢になれないと知ったらワーグナー殿下はどうするでしょうね」

その答えは決まっている。

私を捨てたみたいに今度はアリエスを捨てるだろう。

「不要だと思ったものは全て捨ててしまえばいいわ。ねぇ、殿下。全てを捨てたあなたの手にそれでも残るものはあるのかしら。そしてアリエス。そんなに欲しいのならワーグナー殿下をあげる。私にはもう必要のないものだもの」

屑籠《くずかご》に捨てるのではなくアリエスにあげよう。

Ⅲ.あなたの頭に飾るに相応しい宝石《ゴミ》ね

「お姉様」

裏庭でワーグナーと密会していたアリエスが私の部屋に入ってくる。その手には先ほどワーグナーに貰《もら》ったと思われる髪飾りが握られていた。それは蝶《ちょう》の形をしたイエローダイヤモンドの髪飾りだった。

自慢しに来たのだろう。

「どうしたの、アリエス」

「これ、ワーグナー様に貰《もら》ったの」

嬉しそうに私に報告するアリエスは勝ち誇ったように口角を上げていた。きっと私が傷つくと思ったのだろう。前の私なら傷ついた。

誰からも愛されない私にとって婚約者は唯一私を愛してくれるかもしれない存在だった。そんな彼に疎《うと》んじられていると思いたくなかった。だから尽くした。

アリエスと恋仲だと知っていても、ただ耐えた。アリエスにもワーグナーにもいい顔をしていたら、いつかは振り向いてくれるかもしれないと思ったから。結局そんな日は来なかったけど。

「そう、良かったわね」

傷ついた顔をしない私にアリエスは怪訝《けげん》な顔をする。

まさかアリエスとワーグナーがこの時期から付き合っていたとは思わなかった。前の私は本当に愚かだったのね。彼女たちに見下され、搾取されるのは当然のことだったんだわ。

「お、お姉様にも貸してあげる。つけてみたら？」

「遠慮するわ」

どうせつけた瞬間に私に盗られたと騒ぐのでしょう。

「そ、そんなこと言わずに。きっとお姉様に似合うわ」

思ってもいないくせに。

「私には似合わないわよ」

そんなゴミ。

「もうっ！　そんなことないったら。どうしてお姉様はそんなに卑屈なの」

散々、あなたが言ったんじゃない。

私には似合うとおだてて、みんなの前では似合わないと馬鹿にして。

アリエスはどうしても私を髪飾り泥棒に仕立て上げたいようだ。半分は意地になっているのだろう。私が今までと違う対応をしてきたから自分の思い通りにならずに苛立《いらだ》っているようにも見えた。

無理やり作っている笑顔が誰の目から見ても不自然だ。

「ほうら、当ててみて。絶対に似合うから。私が保証する」

アリエスは髪飾りを持った手を私に伸ばしてきた。髪飾りが髪に触れる瞬間、私は彼女の手を払った。

「きゃっ」

髪飾りは床に落ち、アリエスは何が起こったか分からない顔をしていた。

そうでしょうね。私があなたにこんな態度をとったこと一度もないもの。お父様に愛されているあなたにいつも優しくしたわ。何をされても笑って許したわ。あなたに優しくすればいつかあなたに向かっているお父様の愛情が私にも向くのだと信じていた。

馬鹿よね。

例え向いたとしてもそれは私への愛情ではないわ。だってアリエスに優しくしないと向けてもらえない愛情なんでしょう。それは私へではなくアリエスへ向けられた愛情じゃない。言外にアリエスに優しくない私には何の価値もないと言っているようなものよ。

そんなものを欲しがっていた過去の自分が心底嫌になる。本当にどれだけ愚かだったのだろう。

「嫌だって言っているじゃない。私が嫌がることを私に対する親切心からだと厚かましく押し付けるのがあなたの優しさなの？」

「そ、そんな、私はただ」

困惑しているのだろう。

アリエスからは私に対する怒りは感じない。今は。冷静になれば私に対する怒りが湧き上がってくるだろう。見下した相手に反論される。これほどの屈辱はないと。でもあなたは自分では何もしない。お父様やワーグナー様に涙ながらに訴えるだけ。

訴えられた彼らがどんな行動をとるか。今までの経験から嫌でも分かるわ。

私は床に落ちた髪飾りを拾って押し付けるようにアリエスに渡した。アリエスは何の反論もできないまま受け取った。

「私には似合わないから。それにこれはワーグナー殿下があなたに贈ったものよ。それを他人の私に渡すのは失礼よ」

「た、他人だなんて……お姉様、どうしたの？　何だか今日、様子変よ」

ええ、そうでしょうね。

あなたの、あなたたちの思い通りに動いてくれる、反応してくれる私はもういないのよ。だってあなたたちに殺されたから。

そして今度はあなたたちが死ぬ番よ。

「そう？　疲れているの。用がないのなら失礼してくれる？」

アリエスはまだ何か言おうとしていたけど構わず押し出して部屋のドアを閉めた。


Ⅳ．第一歩として……


アリエスから話を聞いたのだろう。

ドンドンと大きな音を立ててドアがノックされ、お父様の怒鳴り声が響き渡った。

だけど部屋にはカギがかかっている為お父様でも入ることはできない。

いつまで経っても対応する気配すら見せない私にお父様はやがて諦めた。その日、夕食が部屋に運ばれなかったのはお父様が使用人にそう命じたからだろう。

お父様は中継ぎの当主で私の方が本当は権利を有している。けれど未成年の私に従ってくれる使用人は誰一人いない。それに今まで私はお父様の命令に従っていた。

私は自分から何も動こうとはせずに彼らに搾取され、死んでいった。

でも今世ではそうはいかない。

この邸にはお祖父様の息がかかった使用人がいる。その人がお父様のことや私のことを報告しているはずだ。お祖父様は優しい方でも甘い方でもない。

孫だからという理由では助けてはくれない。それにお祖父様にとって私は愛娘の娘だけど同時に愛娘を苦しめ、死に追いやった男の子でもある。お祖父様はお母様をとても大切にしていた。そんなお母様の願いでお父様と婚姻させたことを生涯、最も許されない過《あやま》ちとして悔《く》やんだことだろう。

少しでもお祖父様の後悔を減らす為に、これ以上失望させない為に私がお父様と決別してラーク公爵家に有益な存在だとお祖父様に認めさせなければならない。

その為にはまずお祖父様の息がかかった使用人を味方につける必要がある。前の人生では分からなかったけど今は目星がついている。

私が婚約破棄されて、アリエスとワーグナーが婚約した時期に邸から消えた使用人がいた。その人はとても優秀でお父様の補佐をしていたのに、ある日突然だ。

お父様は血眼になって彼を探したけど行方《ゆくえ》は遂に分からなかった。その日から徐々にラーク家の経営は上手くいかなくなっていった。

多分だけどその人が当主の仕事をして、お父様はそれに承認印を押すだけだったんでしょうね。

それだけじゃない。

私、ちょっと気になっていることがあるのよね。

それはアリエスが着ているドレスや身に着けている宝石だ。お父様が与えているみたいだけどそのお金はどこから出ているのかしら?

アリエスは両親が死んで、孤児になった。彼女も彼女の両親も貴族なので本来なら遺産が遺されている。でもアリエスにはない。なぜなら彼女の両親は事業に失敗して多額の借金を負った。それを返済すべく功を焦って更に事業を拡大させようとした矢先の事故で死んだのだ。

因みにだが彼女の家はラーク家の分家に当たるので、その借金はラーク家が肩代わりをしている。

だから残ったアリエスはラーク家に借金をしている状態なのだ。

そんな彼女にドレスや宝石を購入するお金はないし、私にかかる費用はラーク家から出ているがお祖父様の信頼篤い弁護士が厳重に管理している。だからお父様でも引き出せない。

お父様にももちろん、ラーク家の人間としてお金は与えられているけど毎日のように商人を呼んでドレスや宝石を買える程ではないはず。そんなお金をお祖父様がお父様に与えるはずがないのだ。

そもそもラーク家に関する財産や権利は隠居されたお祖父様が管理をしているし、私が成人すればそのままその権利は私に移譲される。お父様に渡るお金は一銭もない。

まぁ、その権利すら前の人生ではお父様に言われるがまま移譲してしまい私は無一文になったけど。

きっとあれでお祖父様には見放されたのでしょうね。

本当にどこまでも前回の私は愚かだった。

話を戻すと、考えられる理由は一つ。領地経営の為のお金を横領している。お父様を補佐している彼がそのことに気づかないはずがない。黙認しているのは試す為だ。

私がどう動くのか。

今度こそお祖父様を失望させるわけにはいかない。自分が生き残る為に。もう、搾取される人生は御免だ。あんな惨めな人生は二度と送りたくない。

その為の第一歩としてまずはワーグナーとの婚約破棄。

きっとアリエスはお父様に虚偽の報告をして私を罰させようとしたように、ワーグナーにも虚偽の報告をするだろう。怒ったワーグナーの取る行動なんて分かりきっている。

そして明日は私とワーグナーが本来なら一緒に参加するはずのパーティーがある。

そこにワーグナーは私のエスコートをすっぽかしてアリエスをエスコートして登場する。

馬鹿な私はワーグナーが来るのをギリギリまで待って彼らよりも遅れて参加して、ワーグナーに怒鳴られて、周囲の人間に嘲笑された。

でも今回はそうはいかない。

ワーグナーとアリエスを利用してワーグナーに私との婚約破棄を撤回できなくさせてやる。

V．屑を屑籠に入れても良心は痛まない

「スフィアっ！」

昨日は完全に部屋に閉じこもり父からのうるさいお説教を回避。今日も今日とて会わないように注意していた。

夜会があるのでエントランスで父が待ち構えているかもと思ったけど、アリエスと一緒に夜会へ行ったようだ。

今回もワーグナーはアリエスをエスコートして夜会へ行った。そんな二人に父は何も言ってはくれない。私だけが周囲に嗤われたのだ。元男爵令嬢に婚約者を奪われた間抜けな令嬢として。

どこか欠陥があるから愛されないのだとも言われた。

そこまでは今回も一緒。でもここからは違う。

夜会の会場に響くように私の名前を呼んだワーグナーはズカズカと私の元へ来た。

会場にいる誰もが私とワーグナーに注目している。今まさに目の前で繰り広げられようとしている喜劇に興味津々のようだ。

私の前まで来たワーグナーは何の躊躇《ためら》いもなく私の頬を殴った。

貴族令嬢にとって縁のない暴力場面に息を呑む音が聞こえた。

口の端を切ったようだ。鉄錆《てつさび》の味がとても不快だ。

「全部、アリエスから聞いたぞっ！　俺とアリエスの仲に嫉妬してアリエスを虐《いじ》めたようだな」

ワーグナーの目には私に対する怒りが宿っていた。彼の中で既に私は悪人なのだ。実際に虐めたかどうかなど関係なく。

どうしてこんな人に期待をしていたのだろう。

どうしてこんな人に愛されたいと願ったのだろう。

「ワーグナー様、お姉様は悪くありませんわ。全部、私が悪いんです。だからお姉様をどうかお許しください」

そう言って群衆の中から飛び出したアリエスは涙ながらにワーグナーに懇願した。

前後の文脈が矛盾していると思うのは私だけだろうか。

『お姉様は悪くない』ならどうして『お姉様を許してください』という言葉が続くのだろうか。

「アリエス、お前は本当に優しいな」

そう言ってワーグナーはアリエスを抱きしめる。彼女はワーグナーの胸に抱かれながら口角を上げていた。

「私はアリエスを虐めておりません。このような公の場で妄言を吐くのはやめてください。それとアリエス、婚約者でもない殿方とそのように接するのはやめなさい。はしたないわよ」

「も、申し訳ありません。ゆ、許してください」

そう言って震えながら懇願するアリエス。まるで本当に私が彼女を虐めているみたいに。人の婚約者にすり寄ってよくそんな演技ができる。私もこの図々《ずうずう》しさを見習うべきだったのかもしれないわね。そうすればあんな死に方はしなかったのかも。

「アリエスを虐めるなっ！」

「私は虐めてなどおりません。事実を言ったまでです。それに、先ほどから私がアリエスを虐めたと仰いますが、何の証拠もなければ一方の証言のみを鵜呑《うの》みにして私を貶《おとし》めるのもおやめください。私の婚約者であるワーグナー殿下と浮名を流し、更には目の前でそのように淫《みだ》らに体を密着させて虐められたと訴えるのはどう考えても私を貶めるための虚言ですわ」

「スフィアっ！　俺が何も知らないと思っているようだが大間違いだぞ。お前は昨日、俺がアリエスに贈った髪飾りを奪おうとしたな。自分の方が似合うとぬかして」

婚約者でもない相手に何の理由もなく装飾品を贈ること自体が間違いなのだけど。妻とは別に恋人がいる貴族も少なからずいるが、それでもここまで堂々と公の場で不貞を働いていると宣言できる者はいないだろう。

これでアリエスはワーグナーに手をつけられた傷物令嬢として事実はどうあれ皆に周知された。ワーグナーはアリエスを娶《めと》るしかないだろう。

男爵令嬢のアリエスを。

「濡《ぬ》れ衣《ぎぬ》ですね」

「嘘を言うなっ！」

「っ」

ワーグナーは侮蔑を込めた目で私を睨《にら》みつけた後、私の髪を鷲摑《わしづか》みにする。

「お前のありきたりで何の特徴も美しさもないつまらん髪に、俺がアリエスの為に用意した髪飾りが似合うわけないだろ。二度とそんな馬鹿げた勘違いを起こさないようにしてやる」

ワーグナーは護身用に懐に入れていた短剣で私の髪を切り刻んだ。パラパラと床に私の髪が落ちる。

長かった私の髪は肩よりも更に短くなった。

「よく似合っているじゃないか、スフィア」

「あら、随分とすっきりしましたわね。本当によくお似合いですわ。さすがは、ワーグナー様。お姉様、これもお姉様の為なんですのよ」

どこが？

髪の短い女性なんて貴族にも平民にもいない。

女性は髪を伸ばすものだ。髪の短い女性ははしたない女性だと揶揄される昨今でどうしてこんな仕打ちができるの。

そこまでされなければならないことを私はしたの？

「スフィア・ラーク。お前はくだらぬ嫉妬《しっと》からアリエスを虐めた。醜《みにく》い心を持ったお前のような女は王子たる俺の婚約者に相応しくはない。よってお前との婚約破棄をここに宣言する。そして俺はこの美しいアリエスと婚約する」

「ワーグナー様、嬉しいですわ」

アリエスはワーグナーに抱き着く。

もう後戻りはできない。ここまでしたのだ。公の場で私を侮辱しただけではなく髪まで切った。

前回はさすがにここまでの仕打ちはされなかったから驚いたけどこれはこれで良い理由になった。

私の二人に対する対応が変われば私の知っている未来が変わるのは当然だ。動揺する必要はない。

冷静に対応しよう。

二人はまだ知らない。

私がアリエスを養女にする為の書類にサインをしていないことを。

私との婚約破棄は確実。王も王妃も王太子も愚かではないし、人として好感の持てる方たちだ。なぜか第三王子だけ変な感じに成長してしまったけど鳶《とんび》が鷹《たか》を生むことがあるのならその逆だってあるだろう。

アリエス、そんな勝ち誇った顔をする必要なんてないわ。

だってあなたは私に勝ってはいないのだから。私はただ必要なくなったものを屑籠に入れただけよ。

VI．利口者は己が愚者であることを知り、愚者は己が利口者ではないことを知らない

side．ワーグナー

俺の婚約者であるスフィアは家柄は良い。だがそれだけの女だ。

見た目は悪くないが、髪はありふれた茶髪。それに華やかさがなく、読書が趣味というつまらない女だ。着ているドレスも地味なものばかり。

王子《俺》の婚約者であるという自覚がまるでない。

なんでこんな女が俺の婚約者なんだろうと日々不満を募《つの》らせている時に俺は彼女に出会った。アリエス・ヘルディン。

身分は男爵と低いが見た目はかなり可愛く、それに両親を亡くした彼女をラーク公爵が引き取ったからもうじき公爵令嬢になる。そうすれば王子である俺に相応しくなる。

ならばあんな地味でつまらない女よりも可愛く華やかな女の方が良いに決まっている。

ちょうど、アリエスからスフィアに嫌がらせを受けていると聞いたしそれで婚約破棄も可能だろう。

「よぉ、ワーグナー。お前、随分と面白いことをしたな」

「……兄上」

赤い髪にコバルトブルーの瞳をした男の耳には王太子の証《あかし》であるピアスがついている。

ヴィトセルク・リエンブール。

王太子だけがリエンブールの姓を名乗れる。それ以外の王子は皆、実母の姓を使用するのだ。

この時間はまだ執務室に籠もっているからこんな王宮の回廊で会うことなんてないはずなのに。

「何のことでしょうか?」

俺はこの人が苦手だ。

粗暴で、高圧的な態度で常に俺を馬鹿《ばか》にしてくる。少し俺よりも早く生まれただけで、俺の兄というだけで、王太子になれたくせに。

俺が先に生まれていたら間違いなく俺が王太子になれたし、兄上だって俺にこんな態度を取ることはできなかったはずだ。

「とぼけるなよ、ワーグナー」

兄上は俺の肩に手を回して顔を近づける。

ニカッと笑っていて周囲から見たら兄弟がじゃれ合っているように見えるだろう。でも兄上の目は底冷えするほど冷たく、肩に回された手はがっつりと俺を掴んで、まるで逃走を阻止しているようだった。

「女の髪を切るなんて凄《すご》いな。平凡な俺には思いつかないパフォーマンスだ」

「あ、あれはスフィアがアリエスの髪飾りを」

「でもまぁ、主催者の許可は取るべきだったな。みんなを驚かせたくてサプライズにしていたのは分かるけど」

「兄上」

しっかりした理由があるのに。俺の話を最後まで聞いてくれたのなら絶対に兄上だって納得するし、兄上だって俺と同じ立場なら絶対に同じことをするのに兄上はさっきから俺の話を遮ってばかりで全く話を聞いてはくれない。

「おかげでミットレッド伯爵夫妻の顔を潰す形になってしまった。過ぎたサービス精神は時に人に対して失礼に当たることもある。良い勉強になっただろう」

「たかが伯爵家など」

「たかが第三王子の分際で王太子《俺》の仕事を増やすとは。少しは身の程を弁《わきま》えて大人しくしてろ」

「っ」

口角は上がっているが、兄上の纏《まと》う空気は今にも俺を殺しそうだ。

俺の目は自然と兄上が腰から下げている剣に向いた。兄上は王太子だが軍人でもある。きっと周囲が気遣って大袈裟《おおげさ》に言っているだけだろうが近衛《このえ》騎士共が言うには兄上は天才らしく今の総団長ですらも本気の兄上と戦っても敵わないとか。

「安心しろ」

俺が兄上の剣を見ていることに気づいた兄上はくすりと笑って馬鹿にするように俺の耳元で囁《ささや》く。

「大事な弟を斬《き》るわけないだろ。剣が錆《さ》びてしまうからな」

兄上は俺から離れ、真正面に立つ。その時はいつもの兄上に戻っていた。ほっと知らずに止めていた息を吐き出す。

「お前の希望通り、スフィア・ラーク公爵令嬢との婚約を破棄し、アリエス・ヘルディン男爵令嬢と婚約できるように俺から陛下に進言してやる」

まるで自分が陛下の寵愛《ちょうあい》を受けているかのような言い方には腹が立つ。運が良かっただけで王太子になれたのに恥ずかしい勘違いをしやがって。お前の進言がなくても父上は俺の願いを叶《かな》えてくれる。

スフィアはアリエスを虐めていた悪女だ。そんな女が王子妃に相応しいわけがない。婚約破棄は当然だし、心優しく、見た目も完璧な俺好みであるアリエスが俺の婚約者になれるのも当然。兄上は王太子のくせにそんなことも分からないのか。これだから運だけで王太子になれた奴は困るんだ。

「兄上、アリエスはラーク公爵が養女にする為に引き取ったので男爵令嬢ではありません。立派な公爵令嬢です。間違えないでください」

俺の抗議を兄上は鼻で笑いやがった。自分の間違いぐらい素直に認めろよな。

◇◇◇

side. ヴィトセルク

ワーグナーは俺と同じ正妃の子だが、あれは母上の優しさや父上の聡明《そうめい》さも受け継がなかった。同じ環境で育ったはずなのにあれはどんどん手の付けられない愚か者になっていった。

自分が仕出かしたことの重大さを何も分かっていない愚かな弟に背を向け、苛立ちをぶつけるように回廊を歩いた。

「ラーク公爵令嬢に謝罪と慰謝料の手配を。それとアリエス・ヘルディンとかいう毒婦について調査しろ。ミットレッド伯爵夫妻には謝罪と愚弟の後始末をしてくれたことの礼をしなくてはな。そちらも手配をしておけ」

俺がそう命じると音も気配もなく暗闇から灰色の髪に薄水色の瞳をした男が現れた。男のくせに白磁の肌をし、女よりも美しいと言われる彼はどんな時でも穏やかな表情を崩さない。そのくせ腹の中では何を考えているか不明だ。

エーベルハルト・ウィシュナー伯爵。

十二歳の時に両親を亡くし、叔父《おじ》夫婦に伯爵家を乗っ取られ食い物にされた挙句、没落させられた。十六歳の時に伯爵家を取り戻し、僅か四年で伯爵家を立て直した男だ。ただ穏やかなだけの男ではない。

既に伯爵家を継ぎながらなぜか俺の専属護衛をしている変わり者。

「毒婦ではありませんよ、殿下。アリエス・ヘルディン男爵令嬢。両親を亡くし、孤児同然とはいえ、れっきとした貴族令嬢です」

そう丁寧に訂正を入れたエーベルハルトの顔はいつもの通りに笑っている。相変わらず心を読ませない男だ。だがそこが気に入ってもいる。

「口八丁手八丁で男を誑《たら》し込む女は毒婦以外の何ものでもない。それとあの馬鹿はあの毒婦が公爵令嬢だと馬鹿な思い込みをしていたが、スフィア・ラークは毒婦を義妹として受け入れたのか？」

「いいえ。ラーク公爵代理がアリエス・ヘルディンを養女にする為の書類を用意したのは事実ですが、ラーク公爵令嬢はその書類にサインをすることを拒みました」

「賢明な判断だな。わざわざ毒婦を引き入れるなど自殺行為だ」

が、俺の知るスフィア・ラークなら父親に言われたままサインをしていただろう。

大人しく、従順。男を立て、常に一歩後ろに引いたところにいる。何をされても、何を言われても抗《あらが》う術《すべ》を持たない令嬢だった。

控えめな彼女に惹《ひ》かれていた貴族男性は多く、彼女は特に騎士に人気だった。騎士はああいう控えめな令嬢を好む傾向にある。

何が彼女を変えたのか。気になるところではあるが、深入りは止めておこう。藪《やぶ》をつついて蛇を出すなど御免こうむる。

「やぁ、久しぶりだね。随分と面白いことになっているみたいだね」

文字通り、蛇が出やがった。

ダークグリーンの髪に蜂蜜色の瞳をした男が月明かりを背に佇《たたず》んでいた。彼は蛇の獣人が住まうヴィペール国の第五王女である側妃が生んだ第二王子。ヴァイス・ヴィスナー。

ヴィペール国は小国であり、災害が続いたせいで困窮していたところをリエンブールが支援した。その為、王女ではあるが大国である我が国の側妃として迎え入れられた。だからといって王宮内で軽んじられているわけでも正妃である俺の母上と仲が悪いわけでもない。

ただヴァイスは長らく国外にいた。その理由は俺と母上、父上と側妃殿だけが知っている。

「外国にいたお前が何を知っている？」

「そうだねぇ」とヴァイスはわざとらしく顎に指を当て、考えるふりをする。だが実際問題、なぜ国外にいた奴がこんなに早く情報を得ることができたんだ？

「俺の愛しの姫君の麗《うるわ》しい髪が無残に切られたこととか？」

獰猛《どうもう》な毒蛇のような目を面白そうに眇《すが》めてはいるが奴が相当怒っているのは誰の目から見ても明らかだ。

「その愛しの姫君に監視役でもつけていたのか？」

ヴァイスは長くスフィアに片想いをしていた。しかし、彼女は既にワーグナーと婚約をしていた為、ヴァイスは身を引いて、けれど愛した女が自分以外の男と一緒になるところは見たくないとかで国外を放浪していたのだ。

「できれば、そうしたかったけどね。戻った時には間に合わなかった。俺が知っている状況とだいぶ違ってるし。何でだろう？」

「意味が分らん。分かるように言え」

「ああ。ごめん、ごめん。独り言だから気にしないで。君たちに連絡しないでこっちに戻ってきていたんだ。ついたのはついさっき。だけどそこで面白い情報を仕入れてね。情報を手に入れられたのはたまたまだよ」

「もう二度と戻っては来ないと思っていた。俺も、母上や父上も、側妃殿もそれを覚悟の上でお前の国外放浪を許可していた」

「そのつもりだったんだけどね。でもそのせいで守れなかったから」

「何を？」

ヴァイスは悲し気に笑うだけで何も答えてはくれない。奴のこんな顔は初めて見た。

「今度は何も奪わせない」

今度は？

さっきからヴァイスは何を言っているんだ。まるで分からない。

「ヴィトセルク、俺が彼女を婚約者に迎えても何も問題はないよね。もしダメだと言うのなら」

「好きにしろ。積年の想いが成就するんだ。母上や父上も反対はしないだろ。それに今回の婚約破棄は王家の瑕疵《かし》であり彼女に一切の非はない。反対する理由もない」

「ああ、良かった。もしダメだと言うのなら俺はそれを言った人間全員の口を閉ざさなくてはと思っていたんだ」

「……」

反対する人間全員を殺すということか。

その中には当然だが身内も含まれている。それを何でもないことのように笑顔で言えるのはこいつだけだろうな。初恋をこじらせた男というのは厄介だ。

「ワーグナーにはまだ手を出すなよ。あれでも王家直系だ。父上の沙汰を待て」

「面倒だね。屑籠に入れるのにいちいち許可がいるなんて」

「その屑に金だけはかかっているからな。屑を作るのもタダじゃないんだよ」

あれに玉座は座らせられないが俺やヴァイスに何かあった場合、王家直系が途絶えてしまう。それだけは避けなくてはならないからな。

「ヴァイス、放浪は止めてこの国に留まることでいいんだよな」

「宝玉が手に入るんだ。放浪を続ける理由はないよ」

「なら騎士団長に復帰しろ。お前の実力は俺も陛下も惜しいと思っていたんだ。今の騎士団長は元はお前の補佐官だし、あいつらもお前の元で働けることを望んでいる。断る理由はないよな。宝玉を守る為に必要な足枷《あしかせ》なら喜んでつけてくれるんだろう？」

「ああ、いいよ。スフィアを守る為には必要なカードだと思っていたからちょうどいい」

「なら今日付で騎士団長復帰を命じる。陛下には俺から伝えておく」

国ではなく好いた女を守るために剣を取るなんて国を守る騎士には向かないが、守るものが漠然としている奴よりはいいだろう。少なくとも、ラーク公爵令嬢との幸せな未来を守る為なら戦うことをあれは選ぶ。それが必然と国の為になるのなら何も問題はない。

実力もあるし、人望もある。性格に難はあるが、一つぐらい欠点があった方が人間らしさも出る。

Ⅶ．諦念が人を強くする

「お、嬢様、その髪は」

昨日は遅くに帰って来た為、邸内では誰にも会わなかった。だから私が部屋に呼びつけたギルメールが初めて髪が短くなった私の姿を見ることになる。

ギルメール・レドフォード。彼こそがお祖父様が我が家に入れたお祖父様のスパイだ。

冷静沈着で何事も淡々とこなす彼もさすがに今の私を見て固まってしまった。

「取り敢《あ》えず中に入りなさい」

「あっ、はい。失礼しました」

開けられたドアの外で自分が立ちっぱなしだということに気づいたギルメールは優美な動きで部屋に入り、戸惑いながらも私の前まで来る。

「昨日の夜会でちょっと事故があってね。この髪はそのせいよ」

誰がどう見ても人の手によって意図的に切られた姿だ。だからギルメールも何か言いたそうだけどさすがはお祖父様が寄越《よこ》しただけある。躾《しつけ》が行き届いている。主家の孫娘である私の誤魔化《ごまか》しを追及するような愚かな真似はしない。

「髪、整えてくれる？」

「畏《かしこ》まりました」

傷つけることを知らない優しい手で私の髪を梳《す》いた彼はハサミを入れる。

「美しい御髪《おぐし》でしたのに」

そう残念がってくれるのは彼だけだろう。それが親切心から来る言葉であっても嬉しいものだ。

「ありきたりな茶髪で面白みにかけると殿下はよく仰っていたわ」

「ワーグナー殿下ですか？　レディーに向ける言葉ではありませんね」

「そうね。でも、茶髪は平民に多く見られるから王族である彼の婚約者には相応しくはなかったのかもしれないわね」

ギルメールはとても綺麗《きれい》に髪を揃《そろ》えてくれた。器用なのね。前の人生ではあまり関わらなかったから知らなかった。

「頭が軽いし、首がすーすーして変な感じ」

でも良かった。

もっと男みたいな感じになるかと思ったけど髪が短くてもちゃんとレディーに見える。それにうなじが完全に出てしまっているから何だかセクシーな女性っぽくてちょっぴり恥ずかしい。

「よくお似合いですよ」

「ありがとう、ギルメール」

きっと慰めてくれたのだろう。

お祖父様が送り込んだスパイだから今の段階ではあまり信用してはいけないけどそれでも敵でないことは確かだからまだマシね。

「それで、あなたを呼んだ理由なのだけど領地経営の帳簿を見せて欲しいの」

「帳簿、ですか？」

ああ、優しい青年の顔から一気に商品を値踏みする商人のような顔になった。

「お父様がたくさんアリエスにプレゼントしているのが気になって。お父様が自由に使える金額では不可能な量でしょう」

「横領を疑っているのですか？」

「さぁ。まだ何とも言えないわね。でも何か事業に手を出しているわけではないでしょう」

「ええ。そもそもあなたの許可なしに不可能です。あれはあくまで中継ぎの当主代理に過ぎませんので」

わぁ。お父様を〝あれ〟呼ばわりか。

わざとね。私の反応を見ているのだわ。

彼のことだから私がアリエスを養女にする為の書類にサインをしなかったことを知っているはず。

彼の知っている私なら迷わずサインをしただろう。実際、前の人生でアリエスはラーク家の養女となり、彼女の親がラーク家に負わせた借金は帳消しとなっている。

返そうという素振りすら見せなかったわね。

私という存在に変化が起きてきているから彼も今一度見極めることにしたのだろう。私がラーク家に相応しいかどうか。

「じゃあ、どこから来るのかと疑うのは当然よね。一つ一つ可能性を潰していきたいの。その為に帳簿が必要よ。私のお願いを聞けるかしら？」

「もちろんでございます。お願いなどと仰らず、どうぞご命令ください」

「ありがとう」

使用人が主《あるじ》にする礼をギルメールは私にした。お父様にも前の人生でも決してしなかった礼だ。少しずつ。けれど確実に未来も人間関係も変わってきている。

「質問をよろしいですか?」

「ええ」

「もしラーク公爵が横領をしていた場合はいかがなさいますか?」

「愚問ね。法に則《のっと》った裁きをするだけよ」

「お父君ですが? よろしいのですか?」

「ええ。私は確かにラーク公爵の娘だけど、同時にラーク家公爵唯一の直系跡継ぎであるスフィア・ラークだもの。もみ消したりなんてしないわ。正すべきことは正さなくては」

「お父君に恨まれるかもしれませんよ」

ギルメールの言葉に私は笑ってしまった。

「今更なことを言うのね」

そう、今更だ。

いや、今まで歪《いびつ》すぎたのだ。

「始めから愛されてなどいなかった。寧ろ憎まれていたわ」

私の言葉に思うところがあったのかギルメールは瞠目《どうもく》する。

「ただ生まれてきただけで、ただ存在するだけで、ただラーク公爵家の娘というだけで。ただそれだけのことで」

私は殺されたのよ。

「理不尽に憎悪してくる対象に対して期待も遠慮もする必要なんてないわ。そうでしょう？」

「仰る通りです。変わられましたね」

「愛に諦念を覚えただけよ」

「左様でございますか」

弱いままでは父に、従妹に、元婚約者に殺されるだけ。だから強くならなくてはならない。本当に欲しかったものは手に入らない。手に入らないのなら捨ててしまえばいい。諦めて、手放して、そして必ず生き残る。

今度は彼らの思い通りになんてさせない。

私がラーク家の当主よ。

Ⅷ．示すべきは愛情ではなく利用価値

思っていた通り、お父様は横領をしていた。

何年も前から。

「お気持ちお察しします」

ギルメールが持ってきた領地経営の帳簿とお父様が隠し持っていた裏帳簿を見て黙り込んでしまった私にギルメールが慰めの言葉をかけてくれた。

「横領したお金を姪につぎ込むなんて。そんなに大事なら生家に帰って、立て直せばいいのに」

お父様は血を引いていない為ラーク家の当主にはなれないがヘルディン男爵になることはできる。だってお父様の生家なのだから。その場合、お父様はラーク家の戸籍から抜けることになるけど。

「ラーク家は気に食わないけど、公爵の地位にはいたいようね。お父様は」

「血筋でしょうね。アリエスお嬢様も旦那様に与えられるものを喜んで受け取るばかりでご自分の生家がラーク家に負わせた借金を返そうとすらしておりません」

「その借用書は？」

「こちらに」

何の指示も出してはいないのにギルメールはしっかりと借用書も執務室から持ってきてくれていた。

「かなりの額ね」

借金を負っていることは知っていたけど額までは知らなかった。

前の私は二人に嫌われないようにすることばかり気にかけていたから。本当に何も知らなかったのね。

この額を踏み倒しただけではなく、私を貶め、嘲笑《あざわら》っていたのか。彼女は見た目を裏切る図太い神経の持ち主だわ。

「額は大きいですが、返せない額ではありません。アリエスお嬢様にその気があればの話ですが」

「そうね」

平民の給金では無理だろう。

伯爵家以上の家で侍女として働き、節制すれば死ぬまでには返せるだろう。あるいは彼女が婚姻を結び、嫁いだ家が返すしかない。

後者の場合、現在恋人であり公の場で婚約宣言までしたワーグナーが王籍を抜ける際に王家から出る給付金から返すことになる。

ただ、ワーグナーが本当にアリエスと結婚するのなら彼は男爵になる。今までのような贅沢《ぜいたく》な暮らしはまずできない。

男爵領に名産と言えるものはなく、特に栄えている領地でもない。

ヘルディン男爵夫妻は領民が納めてくれる税金で暮らしていた。その暮らしは大商人よりかは少し裕福な程度。

「お嬢様、お客様がいらしています」

ギルメールと今後のことで話し合っているとメイドが訪問客を知らせにきた。

「今日は訪問の予定はなかったと思うけど」

私は確認するようにギルメールを見た。ギルメールは首を左右に振った。どうやら私が訪問客の予定を忘れているわけではないようだ。

「誰が来たの？」

「それが……ヴァイス・ヴィスナー第二王子です」

「はぁっ⁉」

はしたなくも思わず大声を出してしまった。

ギルメールも目を見開き、知らせを持ってきたメイドを凝視していた。私と上級使用人であるギルメールに見られて、メイドは何も悪いことをしてはいないのにまるで叱られるのを怖がる子供のように怯《おび》えた。

「ギルメール、この書類を隠しておいて。それと私が戻るまでこの場で待機。あなたは自分の仕事に戻って良いわ」

私はメイドとギルメールに指示を出して大慌てで応接室に向かった。

「スフィア・ラークです。お待たせして申し訳ございません」

「気にしなくていい。約束もなく勝手に来たのは俺なのだから」

「お気遣いありがとうございます」

どういうことだろう。

前の人生ではヴァイス殿下はずっと国外に居た。だから私は一度も会ったことがないのだ。

二度目の人生でも関わることのない相手だと思っていた。どうして変わった？

どうして今回に限って私に関わろうとするの？

「それでご用件は？」

「まず王家を代表して弟の無礼を謝罪させて欲しい。すまない」

そう言ってヴァイス殿下は私に頭を下げた。王族が頭を下げるなんてあってはならないことだ。

「頭をお上げください。気にしてはいませんから。それにワーグナー殿下の想い人は私の従妹ですので私はお二人の恋を応援しますわ」

そうして奈落の底に落ちていけばいい。

どんなに愛情があっても先立つものがなければ人の心は荒《すさ》み、互いへの尊重を忘れていくのだ。

誰かに優しくできるのも、誰かを思いやることができるのも全ては心にゆとりがあるから。人とは現金な生き物だ。

「これは君とワーグナーの婚約破棄の書類だ。既に国王の許可も下りている。ワーグナーとアリエス嬢の婚約は一時保留だ」

まぁ、そうでしょうね。

アリエスは男爵令嬢。本来なら王族が就《つ》く爵位ではない。それにアリエスの言動にも問題がある為二人をくっつけるのは怖いという意見もあるのだろう。

「髪の毛、なんだが」

何か言い難《にく》そうにしていたなと思ったら私の髪型のせいか。

確かに貴族の女性でこの髪の短さはない。

「おかげですっきりしました。ワーグナー殿下には感謝をしなくてはなりませんね」

「とても似合っている」

謝罪をするつもりだったのだろう。ただそれが私に負担を与えることや、立場的にこちらが受け入れるしかないことも分かっているので、何と言ったらいいか分からずに口ごもってしまった感じだ。

王族に謝られたら貴族は許すしかないのだ。それが分かっていることは好感が持てる。

「本当によく似合ってる」

そう言ってヴァイス殿下は私の髪に触れた。

急に触られたからか、或《あ》いはとても優しい手つきだったからか、少し驚いてしまった。

「本来なら本人が来て謝罪すべきなんだが、君を不快にさせるだけだろうし、何よりも君の美しい瞳にあの屑を映したくはないという俺の勝手な我儘《わがまま》から辞退させた」

ワーグナーと違ってヴァイス殿下はリップサービスをしてくれるようだ。美しい瞳だなんて言われたことない。

王族の男性のリップサービスは礼儀のようなものだ。だから真に受けるつもりはないが、それでも少しは嬉しいものだ。

「スフィアと呼んでも？」

「どうぞ、お好きにお呼びください」

「ありがとう。俺のことはヴァイスと呼んでくれ」

呼べるわけないでしょう。

不敬罪で牢獄行きだ。

「スフィア、もう次の相手は決まっているのか？　誰か想い人とかは？」

王家に瑕疵があるから次の婚約を後押ししてくれるつもりかしら？

「想い人はいません。婚約も暫《しばら》くは誰ともしないつもりです」

「そっか」

なぜかヴァイスはとても嬉しそうだ。もしかして、今日彼がワーグナーの代わりに謝罪に来ていることから考えるに、私の次の婚約相手を探すなり後押しするなりを陛下に命じられているのかしら。

面倒事を押し付けられてうんざりしているところに、私が暫く誰とも婚約しないと言ったから。それなら喜ぶのは当然ね。あわよくばこのまま有耶無耶《うやむや》にしようと思っているのだろう。

私もその方が有り難いかも。もう、誰とも結婚はしたくない。あんな結婚生活はこりごりだ。

「スフィア、直《す》ぐにとは言わない。いつまでも待つ。俺と結婚して欲しい」

「……」

私は今、何を言われているのだろう。

「君を初めて王城で見た日から俺は君に惹《ひ》かれている。君が好きなんだ」

「殿下、有り難いお申し出ですがそこまで気を遣っていただく必要はありません」

「どういう意味だ？」

「婚約を破棄された私では今後の婚約に問題があると思い、貰い手がいなくなる私を哀れに思い引き取ってくださるおつもりなのでしょう？」

王太子殿下には既にお相手がいるし、何よりも婚約破棄された不名誉な令嬢を妃《きさき》にはできない。となると、残るはヴァイス殿下しかいないのだ。

「気遣いでも何でもない。俺は本当に君に対して好意を持っている。俺は第二王子だから結婚しても君に外交や社交を強《し》いることはない。それに騎士として収入もあるから暮らしに困るようなこともない。かなりの優良物件だと思うよ」

まぁ、そうだろう。でも。

「私の立場はお分かりのはずです」

私は公爵家の跡継ぎだけど父親とは折り合いが悪いし、アリエスという問題児も抱えている。下手をしたら彼らに陥《おとしい》れられて公爵家の当主になれないかもしれない。

現に、前の人生では家を乗っ取られ、悲惨な最期《さいご》を迎えたのだから。どんなに心を入れ替えて頑張ったとしても同じことが起きないとなぜ言い切れる。

懸念すべきは今のこの状況。

前回の時はヴァイス殿下は国内にいなかったし、彼から告白を受けるようなこともなかった。仮に

前の人生でも同じように私に好意を持っていたとしよう。そして今回、私が早く動いたが故に婚約破棄の時期が早まり、彼の耳にもその知らせが行ったとしよう。

彼がチャンスだと思って国内に帰ってきたとしてもおかしいのだ。明らかに彼の行動は早すぎる。知らせを受けてから帰国するのなら少なくとも数日はかかる。

あのパーティーの騒動の翌日に我が家を訪ねるなど不可能。

私が未来を変える為に動いたが故の変化だと喜ぶことはできない。不確定要素はどう転ぶか分からないのだから。

「守るよ。何者からも」

そういうつもりで言ったわけではないのだけど。

「俺ね、騎士団長なんだ」

「だからね」とヴァイス殿下は続ける。

「俺を利用すればいい。王子の婚約者、王子の友人。たったそれだけでも牽制《けんせい》になる。それに君が頼ってくれたのなら俺は喜んで手を貸そう。それがたとえ犯罪であったとしても」

……どうして、そこまで。

「今日のところは帰るよ。君も混乱しているだろうし、何よりも昨日の今日だ。疲れもあるだろう。ゆっくり休むといい。ただ覚えておいてくれ。俺はいつだって君の味方だし、俺には利用価値があるということを」

そう言ってヴァイス殿下は帰って行った。

完全にキャパオーバーだ。だが、ヴァイス殿下が味方になってくれるのならこれ程心強いことはない。結婚は取り敢えず保留にするとして、友人ぐらいの繋《つな》がりは持つべきか。

Ⅸ．気なんてとっくの昔に狂っていた

「お姉様っ！」

「スフィアっ！」

お父様の横領の件、ヘルディン男爵が我が家に負わせている借金の件、アリエスの養女の件、解決すべきことは山のようにある。

さっさと執務室に戻ろうとヴァイス殿下を見送ってすぐに邸に入ると、アリエスとお父様が待ち構えていた。

「どうかなさいました？」

「お姉様、私がまだ公爵家の人間ではないってどういうことですか？」

「スフィア、お前はまだ書類にサインをしていなかったのか。アリエスはワーグナー殿下に見初《みそ》められた。何れは王子妃になるんだ。お前とは違ってな。分かったらさっさと書類にサインをしろ」

うるさい。

「ワーグナー殿下は第三王子です。ヴィトセルク殿下は王太子なので彼の奥方は王妃になれます。ヴァイス殿下は騎士団長職に就き、功績を残している為公爵の地位を与えられています。けれどワーグナー殿下はまだ学生で何の功績もなく地位もありません。そんな彼と結婚するあなたに一体どのよう

な権力があるというの？」

「仮になれなかったとしても公爵夫人にはなれる。何せアリエスの婚約相手はワーグナー殿下なのだからな」

この男は何を言っているのだろう。

ここまで愚かだったとは。そんな男にむざむざと公爵家を乗っ取られ、殺された自分の情けなさが腹立たしい。

「そうよ、お姉様。婚約破棄されたお姉様の嫁ぎ先ならお父様がすぐに見つけてくださるわ。婚約破棄されたあなたに相応しい嫁ぎ先をね」

くすりとアリエスは笑う。

そんな二人に私の方が笑いだしてしまった。

つかつかと私の前に来たお父様はバシンッと私の頬を叩く。

暴力でしか人を従わせることができないのね。

「何がおかしい？」

「何もかもがよ」

前の私なら泣いて謝っただろう。

でもね、こんな暴力に臆《おく》することはもう二度とないのよ。だって何年も、何度も、数えきれないほどの暴力を浴びたもの。暴力を振るわれ続けてね、感覚が麻痺して痛みさえ感じなくなったの。

せっかく妊娠したのに子供は流れてしまった。暴力とストレスで子供が生めない体になった。

「アリエス、あなたは公爵家を継《つ》げないわよ」

「それは」

「私があなたを養女として迎え入れる書類にサインをしないから？　いいえ、関係ないわ。家を継ぐのは公爵家直系の者。いない場合は分家から養子をもらうことになるけど、あなたよりも格上の分家からになるわ。そもそも両親のいない孤児同然のあなたが公爵家を継げるわけないでしょう」

「ひどいわ」

ぽろぽろと涙を流すアリエス。

可哀想なヘルディン男爵夫妻。あなたの豪遊のせいで借金は膨れ上がり、無理な事業に手を出して失敗。膨れ上がった負債にどうすることもできず死んでいったのよ。はたしてあれは事故だったのかしら。ねぇ、アリエス。

「お前には人としての情はないのかっ！」

涙を流すアリエスをお父様は抱きしめる。まるで彼らの方が血の繋がった本当の親子のようだわ。

「仕方がありませんわ。子は親の背を見て育つもの。その親から情をかけられずに育てば情のない子供ができるのは当然のこと。子育てに失敗したのはあなたです。ご自分の失敗を私のせいにしないでくださいまし」

「親に向かって何だその態度は」

お父様は私を殴り続けた。使用人の前で。

馬鹿な男。

殴り続けて気がすんだのかお父様は私の血で赤くなった拳を握り締めながら床に横たわる私を睨みつける。

「お姉様、お父様はお姉様の為に言っているんですよ。どうして逆らったりするんですか？」

「私の為？　自分とアリエス、あなたの為でしょう。アリエス、あなたって見かけによらず図々しい女ね。あなたの両親が我が家に負わせた借金を返そうともせず、我が家のお金で豪遊三昧《ざんまい》」

「そんなことしていませんわ。毎日、ドレスや宝石を買って贅沢をしているのはお姉様の方ではないですか」

そう言って泣くアリエスの首に下げられている宝石を私は引っ張った。

「このネックレスは何？　あなたの着ているドレスは？　髪につけている装飾品は？　全て高級品よね。お父様に買っていただいたの？　それとも殿下？　少しでも負い目があるのならお父様からの贈り物は断るはずよね。殿下からの贈り物だって売って借金返済の足しにすればいいじゃない。そうとはせず、毎日私に見せびらかしに来たじゃない」

その光景を見たことのない使用人はいない。

「私が贅沢ですって？　お母様のドレスを直して着ている私が？　小ぶりの宝石がついたネックレスをつけている私が？　今の私の服装とあなたの服装、どちらが贅沢をしているかなんて子供でも分かるわよ」

お金がない訳じゃない。

ただ贅沢品を少しでも持っているとアリエスに盗られてしまうから持たないようにしていただけ。

「ア、アリエスは両親を亡くして可哀想な子なんだ！　少しぐらい贅沢をさせてやりたいと思うのは当然じゃないか。お前はそんなことも許せないほど狭量なのかっ！」

「だから全て譲ってきたではありませんか。ドレスも宝石も。ああ、そういえば最近では婚約者もお譲りしましたわね。あなたっていつも私の物ばかり欲しがるわよね。そんなに私の真似がしたかったの？　言ってくだされればおさがりですもの。喜んで差し上げたのに。こんな奪うようなことをしなくっても。ごめんなさいね、あなたの気持ちに気づいてあげられなくって。今度からは何でも言ってね。おさがりぐらいあげるわよ。だって、もう要らないもの」

アリエスは屈辱と怒りで顔を真っ赤にして体をふるふると震わせている。

「やっぱり気でも狂ったのか」

いつもの私と違う。まるで別人のような私を見てお父様がそう零《こぼ》してしまったのは仕方のないことだ。

「気なんてとっくの昔に狂っていましたよ」

あなたに見捨てられた時、誰からも顧みられず過ごしてきた日々、あの悪魔のような男に嫁がされた時、地獄のような毎日を送っていた時、そして一人孤独に死んでいった時。

どうして狂わずにいられようか。

「もし正気を保てていたのならそれこそ狂気だわ」

◇◇◇

バシンッ

頬に強い衝撃が走り、体は後ろに飛ばされた。その際に近くにあった棚に背中を強打する。痛みで一瞬息がつまりかけたけど休む暇もなく体中に衝撃が加えられる。

腹部を蹴られ、髪を鷲摑みにされ再度顔を殴られる。

『何度言えば分かる？　君は僕の妻だ。僕以外を見ることは許さない』

『わ、私は、あなた以外を、見て、など、おりません』

痛みに耐え何とか口にした言葉。しかし、ダハルには届かない。

バシンッと頬を叩かれた。

『嘘をつくな。ではなぜあの使用人はお前を見つめていた？』

ダハルが誰のことを言っているのか分からなかった。本当に心当たりがなかったからだ。だって私はいつも部屋の中で過ごしている。部屋の外に出るのは食事の時だけだ。

食事は必ずダハルと摂らなくてはいけない。決められた時間に少しでも遅れることをダハルはとても嫌う。

『君は僕のものだ。僕以外の人間を見ることは許さない。分かるか、スフィア？　君はもう僕のものなんだよ』

そう言ってダハルは私を抱きしめる。

『ねぇ、スフィア。どうして震えているんだい？　まさか、僕が怖いの？』

『い、いいえ』

『そうだよね。妻が夫を怖がるなんておかしいよね。もしかして僕が君を殴ったのを怒っている？でもね、それは君が悪いんだよ。僕のことだけを見ないから。僕だけを愛さないから』

怖い。

彼は毎日、何回も何十回も私に「愛している」と言う。その目に狂気を宿しながら。

彼が私に告げる愛の告白は脅迫だ。同じだけ愛さなければ許さない。同じだけ想わなければ許さないと彼はたった一言、たった五文字の言葉にそんな脅迫を乗せてくる。

そんな生活を送っていると次第に食が細くなり、何も食べられない日が続くようになった。そんな私を使用人はまるで空気のように扱った。

ダハルは自分以外の人間が私に近づくのも触れるのさえ許さなかった。だから下手に私に関わって解雇されたくはないのだろう。それに解雇だけならまだいい。私を見たというだけで目を抉《えぐ》られた使用人もいる。使用人にとって私は厄病神のようなものなのだろう。

だけど恐れずに近づく使用人もいた。恐らく優しさからだ。その優しさが私と自分の首を絞めるだけだとも知らずに。

『あの、大丈夫ですか？』

唯一の安らぎの時間。それは部屋で一人過ごすこと。私がテラスにある椅子に腰かけてぼーっと外を眺めていると若い庭師の男が話しかけてきた。

『これ、俺が植えた花なんです。大した慰めにもならないかもしれませんが元気だしてください』

そう言って庭師の男は私に花を差し出した。私がそれに対して拒否の言葉を発しようとした時、ぐしゃりとその花は握りつぶされた。

握りつぶしたのはダハルだった。

体が震えた。

怖くて、怖くて仕方がなかった。

『何をしているの？』

『ダ、ダハル、あの』

『どうして君は僕のものにならない？　どうすれば僕だけのものになる？』

庭師の男は私の目の前で両腕を切り落とされ、首を刎《は》ねられて死んだ。

ダハルの顔も剣もその血で汚れていた。次は私の番だと思った。

『スフィア、君は僕のものだ。僕だけのものなんだよっ！』

『いや、いやぁっ』

私はダハルから逃げるように背を向け、部屋の中に入ろうと走り出した。その背中をダハルは持っていた剣で斬りつけた。

『君は僕のものだ。僕だけのものだ』

そう繰り返しながらダハルは私が絶命するまで何度も剣で私の体を突き刺した。

◇◇◇

ハッと目を覚まして、自分の腹部に触れる。次にここがどこかを確認するために周囲を見渡す。

ここはラーク公爵家で、今は回帰後の人生を送っているから私はダハルと出会っていないと確認できても呼吸が整うまでに時間がかかった。

父と話して、ダハルのことを思い出したからあんな夢を見たのだろう。大丈夫、あれは夢で今はまだ起こっていないし、起こすつもりもない。絶対に回避するべき未来。

回帰した今、ダハルと関わらずに生きることはできる。

「大丈夫、大丈夫」

私は膝を抱えて何度も自分に言い聞かせた。

でも、目を閉じれば夢で見たダハルとの地獄の日々が鮮明に浮かんでくる。回帰した今、まだ起きていないことではあるが、それでもあれは確かに起こった過去の一つだった。

刺される痛みも恐怖も全部、覚えている。

異物が体内に入り込む不快感も。

「っ」

漏れそうになる嗚咽《おえつ》を呑み込んだ。誰にも聞かれたくはなかった。誰も聞いてはいないと分かっていても、自分の弱さを外に出したくはなくて必死に湧き上がる恐怖に耐えた。ここで負けたら運命に抗えなくなってしまいそうだったから。

このまま闇に溶けて、消えてしまえればいいのに。

X．自分にとって大したことがなくても他人にとって重大なこともある

私は薄化粧をして王宮に向かった。

殴られた痕のある私を見て王宮で働いている人たちはギョッとしていた。それもそうだろう。蝶よ

花よと大切に育てられる貴族令嬢は暴力や怪我《けが》とは無縁。だからこそ、ほんの少しの怪我でも大騒ぎするのだ。それなのに私の顔や腕には殴られた痕がくっきりとあった。

殴られた痕を印象付ける為に服はいつもよりも露出のあるものにしている。

私はギルメールと一緒に王宮の法務官の元へ向かった。法務官にお父様の横領と虐待を訴える為だ。

今の私を多くの人が目撃している。強く印象に残るだろう。その為に昨日、お父様を挑発して暴力を振るわせたのだ。

「それは何とも痛ましい」

案の定、法務官は私に同情的な目を向けてきた。

相手が人間である以上、自分に優利な印象を与えるのは必要なこと。

誰だって無能で高圧的な男よりもか弱い令嬢の味方をしたいものだ。法務官や周囲に今の私を印象付けることで裁判になったとしても私の味方になってくれるだろう。

「私は父に愛して欲しくて、ずっと暴力に耐えてきました。しかし、国王陛下よりお預かりした領地でまさか父が横領しているなんて」

そう言って私は涙ぐむ。

仕事をしながらも聞き耳を立てている法務部の人間の何人かは私の話に涙ぐんでいた。

「ラーク公爵は確か、中継ぎの当主代理でしたね」

「はい。私が成人するまでの間だけです。お父様にはそれが納得できなかったようで、ずっと私を疎んでいたんです。最近では従妹のアリエスを自分の娘のように可愛がり、しかも彼女を公爵家の養女にするようにと私に強要してきたんです。しかもアリエスはワーグナー殿下と婚約してラーク公爵家の当主になるつもりだったようで」

法務官は眉間に皺《しわ》を寄せる。

「それは……不可能ではありませんが、彼女も一応ラーク家と血が繋がっていますので。しかし現実問題、可能性はかなり低いですよね」

さすがは法務官。分かっていますね。

「はい。彼女の家は既に没落していますし、我が家に借金をしています。彼女よりも上位の分家は他にいますし、何よりもラーク家直系の私がいるので」

アリエスの言葉は私を排除して当主になると言っているだけではなく、他の分家も邪魔をするのなら排除すると明言しているようなものだ。

私は震える体を抱きしめるように両腕を摑む。

「アリエスはワーグナー殿下に近づき、私とワーグナー殿下の婚約破棄の原因になるほど親しくなっていたので。彼女は本気でラーク家の当主になるつもりなんだと、怖くて夜も眠れませんわ」

「そうでしょうね」

法務官は痛ましそうに私を見る。

私は続いてヘルディィン男爵家がラーク家に負わせた借金の証明書とお父様がアリエスにラーク家から横領したお金で贈ったドレスやら装飾品やらの請求書や帳簿を証拠として提出した。

「すぐに調査し、陛下に進言させていただきます」

「よろしくお願いします」

これから私が提出した証拠を元に法務官たちが厳正な調査を行うだろう。それに伴ってお父様に処分が下される。アリエスは難しいかもしれない。

彼女は実際、法に触れるようなことは何もしていないから。

自分が当主になるという分不相応な発言に関してせいぜい注意がいくぐらいかな。でも今はそれでいい。

「分家にアリエスが私を追い出してラーク家の当主になると言っていることを流しておいて」

私は法務室を出てすぐにギルメールに命令をした。

「畏まりました」

「スフィア」

私が来るのを待っていたのか、壁に寄りかかっていたヴァイス殿下が声をかけてきた。すぐに王族への礼を取ろうとしたらそれよりも早く目の前に来た彼が殴られた痕のある私の頬に触れる。

「スフィア、誰にやられた？」

ぞくりとするほど低い声に体が強張《こわば》った。

「昨日、俺が訪ねた時にはなかった。ならこれはその後に負ったものだな」

「……」

「先ほど法務室から出てきたな。何をしていた？」

「ヴァイス殿下のお耳に入れるようなことは何も」

「スフィア、俺では頼りないか？」

「……」

「君の力になりたい。言ったろ。君に好意を抱いていると」

顔の傷も腕の傷も全て必要なことだった。使用人の前で挑発したおかげで感情的なお父様は使用人の前で私に暴力を振るった。だから法務官の調査で使用人からの証言もとれるだろう。それにこの傷のおかげで法務官に同情してもらったから調査も優利に進むだろう。

なのになぜだろう。

なぜか自分が間違えたような気にさせられる。

「これは必要な怪我です。ですので……っ」

「ふぅん。そう。必要な怪我。つまりわざと怪我を？　ふぅん。そう。そうか、そうか」

地を這《は》うような声に震えが止まらない。怒っている？　どうして。

「あ、あの」

「スフィア、必要な怪我なんてない。誰であろうと、君自身であろうとも怪我を負わせることは許さない。いいね」

どうしてヴァイス殿下にそんなことを言われないといけないのだろう。

それにこんな怪我、死ぬことに比べたら大したことないじゃない。必要とあれば同じ手を使うつもりだ。

「スフィア」

ヴァイス殿下の手が私の髪を撫で、そのまま顎に向かう。そして私の顎を持ち上げて真っすぐにヴァイス殿下を見つめさせる。

「いいね」

肯定以外は許さないと彼の目が言っていた。

私は無意識のうちに「はい」と答えていた。それを聞いてヴァイス殿下は満足そうに頷《うなず》いた。

XI. 図々しい血筋

「何だか疲れたわね」

王宮から帰るとどっと疲れが押し寄せてきた。

「今日はずっと張り詰めていましたからね」

ギルメールからお茶を受け取る。口に入れると紅茶の香りが体の疲れを癒やしてくれるかのように全身に広がった。

「それでは私はこれで失礼します」

「ええ。ありがとう」

ギルメールが出ていき、完全に一人になると私はヴァイス殿下のことを考えた。

不確定要素は一つ。不安要素も一つ。それらは二つとも同じもの。

ヴァイス・ヴィスナー第二王子。彼だけが前の人生と違う行動をとっている。それが未来にどう影響を与えるのか。私を好きだというのは本心だろうか。

もし、本心だったら私は……いや、止めよう。そんな予想は無意味だ。期待はしない。それが最善だと知っているから。

今日、法務官に提出した書類でお父様の失脚は確実。アリエスも養女になっていないので我が家を乗っ取ることはできない。ここまでは順調に来ている。…………はず。

◇◇◇

「……ヴァイス殿下」

「急な訪問ですまない。迷惑だったろうか？」

「いいえ」

翌日、ヴァイス殿下が朝早く私を訪ねて邸へ来た。

「ヴァイス殿下、娘が何か粗相でもしましたか？」

エントランスへ来たお父様がヴァイス殿下に挨拶《あいさつ》もせずに真っ先に聞いた。私が何かした前提なのね。ヴァイス殿下がアリエスではなく私を訪ねてきたから。

もし彼がアリエスを訪ねて来たのならお父様はアリエスがヴァイス殿下に見初められたのだと思っただろう。

アリエスは可愛いからなくはない話だけど。

そう思うと少しだけもやっとした。

ヴァイス殿下はお父様の言葉に乾いた笑みを見せた。

「スフィアとは何度か顔を合わせているが礼儀作法のしっかりした令嬢だ。至《いた》らぬ点などない。寧ろ粗を探す方が難しい。王族に対する礼儀を知らぬお前と違ってな」

「っ。し、失礼しました」

王族相手に失態をしたことにようやく気付いたお父様は慌てて礼をする。

「ヴァイス殿下、ワーグナー殿下の婚約者のアリエスと申します。お会いできて光栄ですわ」

お父様の左隣に居たアリエスはにっこりと笑って礼を取る。作法に則った優雅な礼だ。

「ワーグナーは平民を婚約者にしたのか？」

「ふぇ？」

「姓を名乗らないということは平民ということだろう？」

ヴァイス殿下はアリエスが男爵令嬢だということを知っていて敢えて知らないふりをした。

アリエスは自分がまだ公爵家の養女になっていないから没落した男爵家の姓を名乗らないといけない。でも名乗りたくはなかったのだろう。自分には相応しくないと思っているはずだから。

「いいえ、血筋のしっかりとした貴族令嬢ですわ。けれど、まだ名乗れる姓がないんですの」

アリエスは涙ぐみちらりと私を見る。

私がさっさと養女にすることを承諾しないからだと目で訴えている。彼女の可愛さもあって特に深く考えることが苦手な無責任な男どもがいたら私を責めるだろう。

「もしかして君は貴族の血を半分しか継いでいないのか？」

「………は？」

同情されると思っていたアリエスは完全に固まってしまった。予想外の反応をされると対応できないらしい。アリエスの様子に気づいているはずのヴァイスは気づいていないふりをして話を続ける。

「だって血筋のしっかりとした貴族令嬢。なのに、姓がないってことは妾の子ということだろ」

「なっ」

にっこりと笑ってヴァイス殿下は「俺の言っていることってておかしい？」と聞く。

「私は母も父も貴族ですし、妾の子でもありません」

「ならば君はヘルディンという姓があるじゃないか。姓がないというのはおかしい。それとも俺に同情してほしくて王族の俺に嘘をついたのか？　まさかそんなことするはずないよなぁ」

低く冷たい声。

聞いているだけで心臓が凍り付いてしまうような声色がアリエスに向けられた。

「い、いえ、あの、その」

「む、娘は本当ならラークを名乗れていたのです。けれど」

アリエスを庇うようにお父様は一歩前に出る。お父様の背中のおかげでヴァイス殿下の視線から完全に外されたことによりアリエスは安堵《あんど》したみたいだ。

私はそんなふうにお父様に庇ってもらったことはなかった。

「娘？　お前の娘はスフィアだろ」

ヴァイス殿下の声が更に低くなった。怒っているようだ。何に怒っているのだろう。アリエスが謀ったこと？　でもアリエスが男爵令嬢で、公爵家の養女になりたがっていること、そしてそれが私のせいで叶っていないことをヴァイス殿下は知っている。

アリエスの本性も知っているから姓を名乗らなかったアリエスを不敬だと怒っているのは不自然だ。だってアリエスの行動は全て予想範囲。ならば怒っているという態度や言動はパフォーマンス。確かにパフォーマンスの部分もあるだろう。だけど確実に怒っている部分もある。それが何なのか分からない。

「いずれは娘になります。彼女は我が家の養女として迎え入れるつもりなので」

「それを決定する権限は貴様にはない。貴様は王が定めし王国法に逆らうというのか？　それが事実ならば不敬罪あるいは国家反逆の疑いありとみなさなくてはならないな」

「王国法に逆らうなど滅相《めっそう》もない」

お父様がヴァイス殿下にへりくだる様は実に情けないわね。

いつだってそうだった。自分よりも上の者にはへりくだり、少しでも下だと判断した者には強気に出て。小物感が半端ない。どうしてこんな男を恐れていたのだろう。どうしてこんな男に愛されたいと望んだのだろう。愛の希求など愚かしい。

「では、よもやスフィアに無理やり養女にさせるよう迫るつもりか？」

「まさか、そのようなこと。スフィアとアリエスは仲が良く、両親を亡くしたアリエスをスフィアはとても哀れみ、直ぐにでも養女に迎え入れてくれるでしょう。そうだな、スフィア」

図々しい。

暴力と脅迫で無理やりサインをさせようとしたくせに。

仲が良い？　哀れんでいる？

どうして私が自分を死に追いやる人間をたかが両親を亡くしたというだけで哀れまないといけないの？

冗談じゃない。

冷酷だと罵られようが、非難を受けようが私はね、いつだって自分が可愛いのよ。自分が生き残る為なら他人なんて蹴落とすし、見捨てもするわ。ましてやそれが己を蔑み、蹴落とそうと虎視眈々《こしたんたん》と狙っている相手なら尚更《なおさら》。だいたい忘れたの？　その女は既に私の婚約者を横取りしているのよ。まぁ、それは前回の話だけど。今回は私が屑籠に捨てたものを拾っただけですものね。

浅ましい女にはお似合いだわ。

「それは少し難しいですわね」

「何だと？」

眉間に皺を寄せ、怒るお父様に対しアリエスは同情を誘おうと泣き崩れる。

「やはりお姉様は私がお嫌いなんですね」と言いながら。

図々しさは血筋ね、きっと。

「嫌だわ、アリエス。公爵家に迎え入れなかったらどうして私があなたを嫌うという話になるの？　借金を返そうともしないあなたを家に置いてあげて衣食住の世話までしているのに。どうしてラークの姓を名乗らせなかっただけで私があなたを嫌いという理由になるの？」

涙は女の武器？

その武器をどうしてあなただけが所持していると思っているの？　私が持っていないとどうして思っているの？

女はあなただけではないの。私もあなたと同じ女よ。だから同じ武器を持っていても何も不思議ではないでしょう。

私は悲しげな表情を作る。

「あなたにラークを名乗らせることでしか私に対して価値を見出せない。あなたはそう思っているのね？」

「そ、そんなことは」

「いいのよ、私は全然気にしていないから。あなたがお父様に新しいドレスや宝石を買ってもらっても私はあなたに文句を言ったことないでしょう。ほら見て、あなたに少しでも新しいドレスを着て貰う為に私は去年着ていたドレスやお母様のおさがりのドレスで我慢しているの」

「っ」

「でもこれは私が勝手にしていることだからあなたは気にしなくてもいいのよ。お父様の言う通りだわ。だってあなたはご両親を亡くした可哀想な子だもの」

アリエスの顔が怒りに歪む。

私に本気で哀れまれているのが屈辱でならないんだわ。

ちらりと周囲を見ると使用人がひそひそと話をしていた。

「お嬢様が我慢しているのにどうして男爵家の令嬢が我慢をしないの？　いくら従妹といってもちょっと図々しいわね」

「しかもアリエス様は旦那様に新しいドレスや宝石を強請《ねだ》っていたわ。私、何度か見たもの。お嬢様に我慢を強いるのではなく断るべきでしょう」

「しかも公爵家へ借金もしているのでしょう。ねぇ、このままだと私たちのお給料に影響が出るんじゃないの」

という話をしていた。

使用人も人間だ。そして人間とは現金なもので自分に利益を齎《もたら》してくれる人間の味方をするのだ。使用人同士の繋がりは馬鹿にできない。彼らの噂《うわさ》が家に多大な影響を与えることもあるのだから。

「でも、ごめんなさいね。ラークを名乗らせてはあげられないの。だって、ラーク家には跡継ぎである私がいるし、あなたを養女にすれば要らぬ争いを招きかねないわ。分家も黙っていないでしょう。それに借金だってあるし」

「借金は……」

「大丈夫よ。真面目《まじめ》に働いて返せない額ではないし」

「わ、私に働けというのっ！　酷《ひど》いっ。酷いわ、お姉様」

「酷い？　何が酷いの？」

「ひっ」

そんな悪魔が出たような顔をしなくてもいいじゃない。失礼ね。

「跡継ぎ以外は家を出て働くものでしょう。どこかに嫁に行く以外はね。あなた以上の爵位の人間もそうしているわ。我が家で働いている使用人がまさか平民だと思っていたわけじゃないでしょう」

アリエスは使用人の突き刺さるような視線に後ずさる。

私を悪女に仕立て上げるつもりで責めたのでしょうけど悪手ね。公爵家で働く使用人は貴族家出身。上級使用人ともなれば伯爵家出身だ。努力次第では男爵や子爵家の出身でも上級使用人になれるが可能性は低い。公爵家の上級使用人は場合によっては王族や他国の賓客を相手にすることもあるからだ。爵位によって習得しているマナーや学に大きな差が出る為、そのような客人を相手にするのが難しい時もある。

「で、でも、私はワーグナー殿下の婚約者に」

「ワーグナー殿下が我が家に負った借金ではなく、あなたの家が負った借金よ。であれば、ワーグナー殿下は関係ないわ。それでもワーグナー殿下の婚約者だからという理由で踏み倒すのなら彼に払ってもらうまで。払えないのなら財産放棄をなさい」

「そ、それは」

財産には当然、家の爵位も含まれている。放棄をするということは爵位を陛下に返上するということ。すなわちアリエスは平民になるということ。ただ、そうすることで男爵家とは関係なくなるから必然的に借金の返済もしなくてすむ。身一つで放り出されはするるが。

「スフィアっ！　ぐわっ」

私に殴りかかろうとしたお父様の腕をヴァイス殿下が捻《ひね》り上げた。

「公爵、スフィアは私の大切な友人でね。傷つけるというのなら容赦はしない」

「お父様」

床に放り投げられたお父様にアリエスは慌てて駆け寄る。

「スフィア、暫く俺の邸に泊まらないか？　こんな暴力を振るう奴と同じ場所には置いておきたくない」

「ですが」

「調査が終わるまでの間でいい」とヴァイス殿下は私に耳打ちした。

どうせ数日のことだしその方が私もストレスなく過ごせるからメリットはある。

「私は有難いですが」

「では決まりだ」

ヴァイス殿下にどのようなメリットがあるのだろうか。

Ⅻ．彼女がそれを望んでいる

「お帰りなさいませ、旦那様。そして当家へようこそ、ラーク公爵令嬢。私はヴィスナー家筆頭執事のバーナードと申します」

眼鏡《めがね》をかけた老齢の執事が頭を下げた。

「スフィア・ラークです。少しの間ですがよろしくお願いします」

「お嬢様のお世話をさせていただく侍女を手配いたしました。紹介させていただいてよろしいでしょうか？」

「ええ、お願いします」

「この度お嬢様のお世話をさせていただく侍女のセレーナとリリーです。二人とも若いですが優秀な侍女です」

「セレーナです。至らぬ点がございましたら遠慮なく仰ってください。お嬢様が快適に過ごせるよう精一杯お世話をさせていただきます」

青銀の髪とシアンの瞳をしたセレーナはまるでビスクドールのような美しさをしており、同じ人間とは思えなかった。

「リリーです。一応言っておきますがこれでも二十五歳です」

「………」

え？

「本当だ」

「本当です」

「本当でございます」

思わず確認の為にヴァイス殿下を見てしまった。珍しく私から視線を逸《そ》らしたヴァイス殿下からは肯定の返事が。もう一度目の前の至極色の髪をした見た目十歳前後の少女？を見る。

次に残る二人の使用人を見るが二人からも肯定の返事が返ってきた。

「………神の神秘を見た気がします」

私の呟きにリリー以外の人間が頷いた。

◇◇◇

side. ヴァイス

「スフィアは？」

気配もなく部屋に入ってきた執事のバーナードに確認する。

「お部屋でお休みになられております」

「そうか」

バーナードは元傭兵《ようへい》。

本人曰《いわ》く現役に比べるとかなり衰えているそうだが俺が本気で戦っても勝てる気がしない。バーナード曰く「まだまだひよっ子には負けない」そうだ。

現役時代、彼がどれだけ強かったのか知りたい気もするがそこは開けてはならないパンドラの箱のような気もして彼に現役時代のことはいまだ聞いたことがない。

「セレーナとリリーの話によると体中に無数の痣《あざ》があったそうです。最近のものからかなり古いものまで」

「……」

ぴしりと手を置いていた窓ガラスにひびが入った。

彼女に暴力を振るった連中を粉々に砕いてしまいたい。

「なぜ放置なさるのですか？」

俺の気性を知っているバーナードからしたら今の俺の行動は理解できないだろう。いつもの俺なら真っ先に動いていた。

スフィアを守る為に邸で囲い、その間にラーク家の人間を絶望のどん底に落としていただろう。

ああ、そうしてやりたいよ。

スフィアが味わった苦痛を何倍にもして返してやりたい。でも……。

「それがスフィアの望みだからだ」

スフィアが何を目標に動いているのかは分からない。だけど自分の力でラーク公爵やあの女に立ち向かうことを選んだ。ならば今は何もすべきではない。

そう、前回とは違うのだ。俺も彼女も。理不尽に抗うことを選んだ彼女の意志を尊重してあげたい。

それが、前回彼女を救えなかった俺の罪滅ぼしの一つだ。もちろん、こんなことで償えるなんて思っちゃいない。

俺の無力が彼女を理不尽な死に追いやったのだろうから。

「必要な時に助けられる準備をして、彼女の望みが叶うのを待てばいい」

彼女の望みが復讐《ふくしゅう》ではなく、あの連中がのうのうと生きていた時はスフィアには悪いけど手を出させてもらおう。これだけは譲れない。

大切な君を苦しめ、殺した連中を生かしてやれるほど俺は慈悲深くはないから。

せっかく戻ってきたんだ。ならば色々と有効活用すべきだろう。それにいくら戻ってきたからと言ってなかったことになるわけではないから、きっとあの力はもう使えない。ならば今度こそ失敗はできない。

「それよりも頼んでいた件はどうなった?」

「ダハル・キンバレーの件ですね。レオンとオズが調査に当たったので彼らに直接報告させます」

バーナードの言葉を待っていたかのように天井から二人の青年が下りてきた。

一人は金髪に青い目をしており、絵本に出てくる王子がそのまま具現化したような男だ。見た目だけだが。彼はレオン。

もう一人は浅葱《あさぎ》色の髪で赤い目を隠した男。彼の名はオズ。

二人とも俺直属の部下であり、影と呼ばれる諜報機関に属する者たちだ。

本来この影は国王と王太子であるヴィトセルクにつく。しかし、二人が俺のことを信頼し、託《たく》してくれたのだ。

まぁ、国外を放浪して国に利益を齎す情報を流していたから、より調査しやすいようにとつけてくれただけなんだがな。国に帰れば返せと言ってくるかと思ったが、そのままでいいということだったので有り難く使わせてもらっている。

「ダハル・キンバレーですね。お望み通り調べてきました。いやぁ、久しぶりに胸躍りましたよ。あそこまでの屑男はなかなかいないですからね」

そう言うのはレオンだ。

報告はいつもレオンがする。オズは基本的には喋《しゃべ》らない。無口な男なのだ。

「地上げ屋みたいなこともしていますし、言うことを聞かない連中はごろつきを雇って脅《おど》したり、死人まで出ていますね。その場合も金を使ってもみ消しています。それに人でも物でも美しいものが好きなようで数多く収集しています。彼の屋敷の地下には人間の剝製が展示品のように飾られていましたよ」

もし同じことをスフィアにしていたらと考えると今すぐにでも奴を八つ裂きにしたくなる。

「美しい女性たちを殺してエンバーミングしているようですね」

「聞きなれない技法だな」

「はい。西の方で最近開発された技術です。遺体の長期保存や修復に用いられるとか。死体とはいえ家族。最後の別れを生前のように美しい状態で行いたいという生きた人間のエゴにより開発された技術ですね。私には理解できかねます」

レオンはニコニコしながらかなり辛辣なことを口にする。

こいつは黙っていればモテるんだが、口を開くと秒でフラれるのだ。

「ダハル・キンバレーは裏社会ともそれなりに繋がりがあるようですね。キンバレー家は貿易業を営んでいますから、裏社会の人間はそこに目をつけたのでしょう。色々と裏に流れていますよ、麻薬とか、麻薬とか、麻薬とか……後は武器、とかね」

レオンを見ると彼はおかしくてたまらないというふうに笑う。

「今まで何かあっても裏社会の人間がもみ消していたのでしょうね。彼に何かあれば面倒でしょう。彼のように物分かりの良い貿易会社を見つけて取りこむのは。それと麻薬や武器の密売には上級貴族が数名関わっているみたいですね。どうします？」

「全て捕縛し国王に引き渡す。証拠と一緒にな。ただしダハルだけはお前にくれてやる。好きに使え」

「主の粋な心遣いに感謝します」

XIII. 手にすることはないと諦めたからこそ知りたくはなかった

短くなった髪をセレーナが櫛《くし》で丁寧に梳《と》かす。

淑女としてみっともないと言われる短さにセレーナもリリーも特に反応を示すことはなかった。

「お嬢様、どの髪飾りをつけましょう。何かお気に召すものはありますか？」

リリーは私の前に幾つもの装飾品を置く。

どうしてヴァイス殿下の邸に女性ものの装飾品があるのだろうか。この邸には使用人を除けばヴァイス殿下しか住んでいないのに。

そのヴァイス殿下も国外を飛び回っており殆《ほとん》ど邸には帰ってきていないだろう。

「みんな、旦那様がお嬢様の為にご用意されたものです」

私の戸惑いに気づいたのかセレーナが説明してくれた。

「私の為に？」

それこそ理解不能だ。

私はヴァイス殿下の婚約者ではないし、確かに彼に説得されて暫く滞在することになったけど私が断固として滞在を拒否する可能性だってあったのに。

「これだけではありませんわ。隣の部屋にはお嬢様の為のドレスもありますの」

リリーはまるで自分が貰ったかのようにはしゃぎながら教えてくれた。

「どうして……」

「愛しい女性に殿方が贈り物をすることに理由などありませんわ。まぁ、強いて言えば性《さが》でしょうか」

セレーナの言葉に私は納得できなかった。

「両想いであればそれで通るかもしれませんが、私がヴァイス殿下の想いに応《こた》えるかはまだ分かりません。それにここへ滞在しない可能性もありました」

私の言葉にセレーナは笑みを深める。

「そうですわね。お嬢様がここへ一生来なかった場合、これらは日の目を見ることはなく、永遠に眠っていたかもしれませんね。でも、それはそれ、これはこれですわ。旦那様が勝手になさったことですのでお嬢様が気になさることではありませんもの」

いや、かなり気にするのだけど。

私はイエローダイヤモンドのチョーカーを手に取る。ヴァイス殿下の瞳の色だ。

甘い蜂蜜《はちみつ》の色。

「そちら、お気に召しましたか？」

セレーナは私が手に取ったチョーカーに目を向ける。私は彼女に苦笑で答えた。

「私には似合わないから」そう言って私は宝石箱にチョーカーを仕舞った。

綺麗な宝石も、上質なドレスも私には似合わない。

今まで一度も身に着けたことがないのだ。だから身に着けたところできっと貸衣装を背伸びして着たような不格好な姿になるだろう。

「お嬢様、何を仰っているんですか」

ぷくぅーっと頬を膨らませて腰に手を当てて怒るリリー。私の為に怒っている中、申し訳ないがその姿はどう頑張っても子供にしか見えない。

「そういうのはお召しになってから決めることです。それに仮に、絶対にあり得ないと思いますが、万が一お似合いにならなかったとしたら、それはお嬢様が悪いのではありません。お嬢様に似合わないものを選んだ旦那様が悪いのです」

「リリーの言う通りですわ。女性にあったドレスや装飾品を選んでこそ、良き殿方というもの。その程度のこともできない男は無能と罵っても問題ございません」

セレーナは美しい顔に似合わずかなりの毒舌家だ。

「さぁ、お嬢様、ドレスはどれになさいますか？」

「けれど、万が一汚してしまったら弁償が怖いので」

せっかくだから着てみたいけど、汚してしまったらと思うと。ドレス一着にしたってかなりの高級品だ。絶対に賄えない。

「あら、それはそれでいいじゃございませんか」

私の思考など知る由もないセレーナはあっさりと汚す許可を出した。

「新しいドレスを買っていただく口実ができますわ」と言う。

「さぁ、お嬢様。どのドレスにしましょう」

晩餐《ばんさん》用のドレスがあるウォークインクローゼットに案内された。

「これ、全部晩餐用の？」

「はい」

にっこりと笑うセレーナもリリーもこれが常識だと言わんばかりだ。

正直、ワーグナー殿下にプレゼントを一度も貰ったことがないのでその手の常識に疎《うと》いのは事実だ。けれど、今目の前に用意された常識が異常であることは分かる。

それにドレスの色が色とりどりではあるけれど、中でもダークグリーンと蜂蜜色が多い。どちらもヴァイス殿下の色だ。

女性に自分の色を身に着けさせるのはその女性が誰のものであるかを周囲に教えるためであり独占欲の象徴とも言われている。

かっと全身が熱くなった。

「こちらのドレスなどいかがですか？　落ち着いた雰囲気でお嬢様にとてもよくお似合いかと」

セレーナはダークグリーンのドレスを勧める。全身がダークグリーンの為、装飾品としてつけられた金色のボタンがよく映える。それに首元にはレースがついていた。

露出は少なく、腰回りがきゅっと締まったタイプのドレスで短い髪の私が着てもおかしくはない。

そう思って、もしかしてとクローゼットの中にあるドレスに目を向ける。

ふんわりと裾が広がったドレスが最近の流行だ。けれどそういったドレスはどうしても髪の短い私が着ると似合わないのだ。

だから余計にドレスを着るのを躊躇《ためら》った。

でも、ここにあるのは髪の短い私でも似合うように作られたもので、流行のドレスとは程遠い。

マーメイドドレスだ。

ヴァイス殿下の配慮に目頭が熱くなる。

私のことを気遣ってくれる人間なんて今までどこにもいなかった。それは時間が巻き戻った今も同じだと思っていた。

「私は、こちらの方が良いと思います」

リリーが勧めてきたのはヴァイス殿下の瞳の色と同じ色のドレスだ。胸元にはバラの装飾品がつけられており、左右には真珠の飾りまでついている。

ここにあるのは私の為に用意されたものばかり。

私だけのもの。

それは今まで持ち得なかったもの。持つことを許されなかったもの。

だから存在しないのだと思っていた。

私だけのものも、私を気遣ってくれる人も。

その二つは私が前の人生で手に入れたかったもの。手に入れることを諦めたもの。

そう、諦めたのだ。

だから欲しくはなかった。与えないで欲しかった。こんなに心が温かくなることを私は知らない。

もしこの温かさに慣れて、捨てられてしまったら。

「飽きた」と言われてしまったら。私はもう二度と立てないだろう。

知ってしまったら、求めてしまう。


ヴァイス殿下、お願い。

私の心を暴かないで……。

XIV. 傲慢な男はその身が滅びに瀕していることに気づかない

side. アトリ

どうして変わった。

気に食わないあの女の娘。

権力で私の運命を捻《ね》じ曲げたロクサーヌ・ラーク公爵令嬢。

あの女が死んだのは僥倖《ぎょうこう》だった。

きっと神があの傲慢な女に罰を与えたのだろう。

そう思うと胸がすく思いだった。

あの女の代わりに公爵の地位に就いたまでは良かった。当然の結果だと思う。私は生まれを間違えただけ。実際の能力だけを見れば公爵位を継げるのだ。運よく上級貴族に生まれただけの愚か者とは違う。

しかし、愚かな法によって私はスフィアが公爵位を継ぐまでの中継ぎの当主代理などという屈辱を味わわなければならなかった。

あの女の娘が公爵位を継ぐ？

私の上に立つ？

そんなこと許されるはずがない。

私こそがラーク公爵なのだ。これは本来、私が手にするものだ。

「ギルメールっ！」

「何でしょう、旦那様」

清々しい顔をしおって。この役立たずが。どうして私の周囲には馬鹿しかいないのだ。

「どうしてスフィアを止めなかった！　こんな暴挙が許されるはずがないだろ」

「はて。どのような暴挙でしょうか？」

ぴきりと青筋が立ち、体内を巡る血管が怒りではち切れそうだ。

ドンッと拳で机を叩くがギルメールは涼し気な顔で私を見る。

「ヴァイス殿下の元に行ったことだっ！　未婚の女が独身の男の元に行くなどはしたない」

使いをやって連れ戻そうとするもヴァイス殿下の従者に追い払われる始末。ヴァイス殿下は姿さえ見せないそうだ。

いくら王族とはいえ公爵家の侍女に対してする態度ではない。無礼にも程がある。所詮は側妃の子ということか。

「王族に見初められたと喜ぶべきことではありませんか？」

「見初められた？」

思わず鼻で笑ってしまった。

ギルメールは心底分からないという顔をしている。仕事はできるのにどうしてこうも愚かなんだ。

「アリエスならともかく、スフィアが見初められるわけがないだろ」

「なぜですか？」

「アリエスのような可愛らしさもなければ聡明さもない。現にワーグナー殿下だってアリエスを選んだ。当然の結果だ。あいつがワーグナー殿下と婚約できていたのはラーク公爵家の娘だからだ」

顎に手を当ててギルメールはくすりと笑う。

「それが本当ならアリエスお嬢様も同じではありませんか？」

「何だと？」

「あなたはアリエスお嬢様をラーク家の養女に迎え入れるつもりだったのですよね。アリエスお嬢様もラーク家の養女になるつもりでいた。そのことをきっとワーグナー殿下にも話していたでしょう。

まだ確定もしていない段階で、それが当然だとばかりに。ならばいずれラーク家の人間になるからこそワーグナー殿下はアリエスお嬢様を選んだという可能性があります。寧ろその可能性の方が高いでしょう。だって男爵家ではどう足掻《あが》いてもワーグナー殿下とは釣り合いが取れませんからね」

怒りで顔を真っ赤にする私をギルメールは見下ろす。

「愛し合っていれば問題ありませんか？　身分の差を超えられますか？　愛があってもどうにもできないことがあるんですよ。奥様があなたの心を射止められなかったように」

「ギルメールっ！　いくら先代公爵に信頼されている補佐官と言えど私の娘を侮辱することは許さんぞ」

ギルメールの胸ぐらを掴んで怒鳴るが相変わらずギルメールは涼し気な顔のままだ。それが余計に腹立たしかった。まるでこちらを見下しているみたいで。

私の出身が男爵家だから馬鹿にしているのだろう。

可哀想な私の娘アリエスも同じだ。男爵家だからと上級貴族に馬鹿にされる。聡明で可愛い子なのに、ただ身分が低いというだけで。

「あなたの娘はスフィアお嬢様です。アリエスお嬢様ではありません。けれど、仰る通りスフィア様よりもアリエス様との方が本当の親子に見えますね。だってあなたたちは似ています。厚顔無恥なところが」

ギルメールは分を弁えない愚か者に躾をしようとした私の手を掴み、捻り上げた。そのまま私を床に押さえ込む。強い衝撃が胸を襲い、息が一瞬だけ詰まった。

「ああ、申し訳ありません。旦那様、一つ言い忘れていたことがあるんです。実は私、先代からスフィアお嬢様の護衛をするように仰せつかっているんです。先代は隠居の身故、表立って干渉してくることはありません。奥様の忘れ形見であるスフィア様のことは一応は気にかけていますし。あなたという卑《いや》しい血が流れているので積極的に助けたいとも思ってはいないようですが、それでも死を願っているわけではないのです。ですので命が危うい時は助けるように命令されました。それと先代はもしスフィアお嬢様が助けを求めて来た際、最低限の助力はするつもりのようです。それがあなたを排除する事柄であっても」

「なっ、スフィアは私の娘だぞ！　娘が父親を排除するなどあるわけがないだろう！」

これだから上級貴族は嫌いなんだ。

自分以外の人間を人として見ない。同じ人間だと思いたくもない。

気に入らないという理由で、退屈だったからという理由で面白半分に人の命を奪う化け物のような存在。それが上級貴族だ。

「そうですね、あなたとスフィアお嬢様は確かに親子ではありますが、それが容易《たやす》くできる関係でもありますね」

「ここまで育ててやった恩を仇《あだ》で返すつもりなのか、スフィアは」

「恩？　育ててやった？　彼女に生きるために必要な食事を与えていたのは先代が雇った使用人です。養育費も先代がスフィアお嬢様の為に用意したものから出しています。ねつ造はしないでください」

ギルメールに反論しようとした時、廊下が慌しくなった。

「旦那様っ！」

癖のある栗毛に顔に雀斑《そばかす》のある地味な顔の青年がノックもなしに執務室の扉を開けて入ってきた。

「王宮から、旦那様を調査すると、法務官が、おう、横領の疑いが、あると」

「な、何だと」

青年の後ろから法務官の制服を纏った複数の人間と騎士が来た。

「アトリ・ラーク公爵、あなたには横領の疑いがかけられています。調査が終わるまで留置場でお過ごしいただきます。抵抗はしないでください」

法務官に視線を向けられた騎士が二人、ギルメールによって床に押し倒されていた私を起こし、両脇を抱える。これではまるで罪人の様ではないか。

「もし抵抗する場合は公務執行妨害の罪で逮捕することも可能です」

「私は横領などしていない」

「それを調査する為に我々は来ているのです。留置場にいる間は外部との一切の連絡を絶っていただきます」

「無罪だと判明したらどうするつもりだ？　公爵家の人間を留置場に入れてタダですむと思っているのか？」

当然の権利を主張しているのに年配の法務官は呆《あき》れたような目で私を見る。彼の部下と思しき若い法務官たちは失笑する。

どいつもこいつも私が男爵家出身だからと馬鹿にして。出身はどうあれ今は公爵家の人間なのに。そのことを分からせてやる。

「どうやら横領の罪だけではなく国家反逆罪にも問われたいようですね。酔狂なことだ」

「何だと」

年配の法務官が一枚の書状を広げて見せる。

「貴族の、特に場合によっては国に影響を与えることもある上級貴族の調査には必ず王の許可が必要となります。あなたのように権力を振りかざして有耶無耶にする人もいますので、その為の対抗措置として」

私は権力を振りかざしているわけではない。当然の主張をしているのだ。そんなことも分からないのか、この法務官は。

「先ほどのように私を脅迫するということは王に楯突くことと同義です。それにあなたにはご息女に虐待をしている疑いもあります。これ以上、罪は重ねない方が賢明というもの。大人しく連行されなさい」

今の言葉で理解した。

全て、スフィアの陰謀だ。

公爵家を乗っ取る為に邪魔な私を排除しようとしているのだ。

何という娘だ。父親を陥れるなど。

◇◇◇

「そこ、チンタラしてんじゃねぇ」

鞭《むち》を持った男が私の背中を何度も叩く。

「うわっ、ぐっ」

平民風情が公爵である私によくも。本来なら私に声をかけることもできぬ身分のくせに。

「おい、何を睨《にら》み付けてやがる。まさかまだ自分が高貴な身分だとでも思ってるんじゃねぇだろうな。テメェの血が何色だろうとここではみんなが等しく犯罪者なんだよ。分かったら、とっとと動きやがれ、このノロマが」

「ガハッ」

再び鞭が私の背中を打つ。背中は鞭で叩かれすぎて皮膚《ひふ》が裂けている。手は慣れない工具を持ったり、重たいものを運んだりしたせいで豆ができ、さらにその豆が破れて血が出ていた。

スフィアのせいで公爵位を剝奪された上に犯罪者扱いまでされて鉱山に送られた。ここは本当の地獄だ。

野蛮な看守がいて日に何十回も鞭で打たれる。休憩時間も短い上に、食事は石のように硬いパンと具のないスープを朝と晩の二回だけ。

寝る場所は地面にボロ切れを敷いただけで、複数の人間とざこ寝。

風呂は入れてもらえず、一週間に一回近くの川で水を浴びるだけ。

公爵である私がこんな生活を強いられるなんて。全部、全部スフィアのせいだ。育ててやった恩も忘れて、私をこんなところに送るとは。

「おいっ！　このノロマ。また食事を抜かれたいのか？　抜かれたくなければスピードを上げろ」

バシンッ
看守の男が再び私を殴ってきた。そのせいで地面に倒れてしまう。その際、膝《ひざ》を強く打ち、血が流れる。

どうして私がこんな目に。私が一体何をしたというんだ。

本来なら生まれてすぐに殺してしまいたいぐらいの疎ましい存在であるスフィアを生かしてやったのに、その仕打ちがこれとは。愛する女と一緒になれないどころか、先立たれ、育ててやった娘には爵位を没収され、こんな場所に送られるなんて私の人生のなんと不幸なことか。

「おい、いつまで休憩している。さっさと立てっ！」

「ぐぁっ」

この看守、俺の時だけ執拗に暴力的じゃないか。他の囚人に比べて鞭を打つ回数も多いし。クソッ。何なんだ。一体、何の恨みがあるって言うんだ。


アトリは知らなかった。ヴァイスが裏から手を回して、看守へアトリを特にいびるように、けれど殺さないように手加減するように命じていたことを。長く苦しめるために部下にアトリを見張らせていることを。

刑期を終えたアトリが晴れて自由の身になったとしてもそこは地獄の延長線でしかないことを、幸か不幸かアトリは知らずにただただ鉱山で石を運び続ける。いつか来る終わりに希望を抱きながら。

XV. 相容《あいい》れぬ道

「そうですか、父が」

ヴァイス殿下の邸に移ってから一週間後、お父様が横領の罪で捕縛されたことを法務官から知らされた。

「アトリ・ラーク殿は公爵位を剝奪、ご息女であるスフィア様に速やかに譲渡することが決定しました。またアトリ殿には十年間の無償労働が決定しております。これはアトリ殿が今まで横領した分を返済するためのものです。ただ、新たに当主となられるスフィア様が返済する場合は十年ではなく三年の無償労働に減刑も可能です」

私が娘だからお父様の罰が軽くなることを望んでいると思って法務官は提案してくれたのだろう。

きっと回帰前のスフィアならそうしていた。

どこまでも善良で、どこまでも愚かしい。だから人に嗤われ、最後はボロ雑巾のように捨てられたのだ。

「こちらから返済することはありません」

「ではアトリ殿に十年の無償労働をしていただくことでよろしいのですね」

私が親子の情に流され提案に乗ると思ったのだろう。法務官は困惑気味だ。もしかしたら血の繫がった父親を見捨てた冷血な女という噂が流れるかもしれない。

それならそれでいい。恐れられれば誰もちょっかいなどかけてこなくなる。

「公爵家という王家を除けば貴族のトップになる地位で、誰よりも国に貢献し、多くの貴族の模範となるべき誇り高き一族。それが公爵家です。そうあらねばなりません。その為、私は親子の情になど流されて父の減刑を望むようなみっともない真似は致しません」

「さすがです。感服致しました。これでラーク公爵家も安泰ですね」

そう言って法務官は帰っていった。

私は部屋の窓から遠ざかっていく馬車を見つめる。

「お父様とこれで永遠にお別れね」

ずっと恐ろしかった。

少しでも機嫌を損なうことは許されなかった。

視界に入ることは許されなかった。

馴《な》れ馴《な》れしく話しかけることも触れることもお父様はお許しにはならなかった。

それでも私はお父様に愛してほしかった。

だってただ一人の肉親だったから。

ただ一人、一緒にお母様の死を悼《いた》むことのできる人だったから。

でもお父様はお母様の死を悼んではいなかった。それどころか、とても喜んでさえいた。

誰よりもラーク公爵家を嫌っているくせに、誰よりもその地位に固執した愚かな男は自分の娘にその席を譲ることを酷く嫌がった。

私を睨みつけるお父様の顔は今も鮮明に思い出せる。きっとこの先何年も、何年も私はその顔を思い出すだろう。

「恨《うら》んでくださって結構ですよ、お父様」

私もあなたを恨み続けるので。

この先一生、許すことはないだろう。

今はまだ起きてはいない未来。

けれど私にとっては一度は起きてしまった過去でもある。

殺された恨みがそう簡単に消えるのならこれ程楽なことはないだろう。だが現実は違う。消えてはくれないのだ。どんなに願っても、どんなに望んでも。

常に私の体を巡り、滞留する。まるで恨みそのものが私に忘れるなと言わんばかりに。

憎しみの炎でこの身が全て燃え尽き、灰と化そうともそれでも恨みは尚残り続けるのだろう。

「どうして、こんな道しかないの」

そう呟くと、ヴァイス殿下が顔を出した。

「スフィア、法務官は帰られたのか？」

「ヴァイス殿下、はい。父は十年間の無償労働になりました。私は明日、王宮にて陛下から公爵位を継ぐことをお認めいただくことが決まりました」

「そうか。では明日、王宮でのエスコートをさせてもらえないだろうか？」

王宮にはあまりいい記憶がない。

何せ王宮に行く理由は婚約者であるワーグナー殿下に会う為だったからだ。お互いに気持ちが伴わなくても対外的には何の問題もないと示さなくてはいけない。その為、定期的に私とワーグナー殿下でお茶会をしていた。

ワーグナー殿下は遅刻が当たり前で来ない時もあったけど。最近は全く来なかったわね。

だから違う用事であってもあまり近づきたくはないのよね。公爵になるのだからそんなこと言ってられないけど。

だからヴァイス殿下が一緒に来てくれるのなら心強い。でも、婚約者でもないのにここまで甘えていいのだろうか。

「ダメ、だろうか？」

ヴァイス殿下は蛇の獣人なのに、なぜか耳が垂れた犬に見えてきた。

「いいえ。とても助かりますがそこまでご迷惑をかけるのは気が引けます」

「迷惑なわけがない。俺を気遣ってくれるのなら是非、この申し出を受けてほしい。俺は少しでも長くあなたと一緒にいたい。だって、アトリ殿の処遇が決定したから早々にこの邸を出ていくのだろう？」

「それは、はい」

留まる理由もないし。

「ならば尚更、あなたと一分一秒でも長く、共に居たいんだ」

真っすぐに気持ちを伝えてくるヴァイス殿下に耳まで真っ赤になっているのが鏡を見なくても分かる。これは免疫がないからで決してヴァイス殿下に異性としての好意を抱いているとかではない。

「わ、かり、ました」

私が承諾するとヴァイス殿下はとても嬉しそうに笑った。

XVI. 波乱のお披露目会

深緑のマーメイドドレス。胸元には琥珀《こはく》がついている。少し露出度が高いので薄緑のレースで作られたカーディガンを羽織《はお》る。

短くなった髪にカスミソウの髪飾りをつける。

今日は私が公爵位を陛下から授与される日。

「お嬢様、とても美しいですわ」

私にお化粧を施してくれたセレーナは鏡に映る私をうっとりと見つめる。

「今日のようなお目出たい日に相応しい装いですね。きっとみんながお嬢様に見惚《みと》れますよ」

リリーはまるで自分のことのように自慢げに言う。

公爵位の授与式、その後の新公爵お披露目会が終われば私はこの邸には帰らず、そのまま自分の邸へ帰る。だからこの二人とは今日でお別れだ。そのことを寂しく思う。

だからって連れていくわけにはいかない。

二人はヴァイス殿下の使用人だし、私が行こうとしている道に付き合わせたくはないのだ。

「セレーナ、リリー、今までありがとう。二人のおかげでとても楽しい日々を過ごすことができたわ」

「もったいないお言葉です。お嬢様が心安らかにお過ごしになれることが私共の喜びにございます。お嬢様のお世話ができ、光栄でした」

「とても寂しいです。でも、お嬢様と旦那様が結婚したらまた私たちでお世話ができます。その日まで我慢します」

リリーの言葉に苦笑する。

二人に別れの挨拶をしているとドアがノックされた。

セレーナが部屋の中に通したのはヴァイス殿下だった。彼は私を見た後なぜか動きを止めてしまう。

似合わなかっただろうか?と不安になっているとセレーナが肘《ひじ》でヴァイス殿下の腹部を小突いた。

はっとなったヴァイス殿下は咳《せき》ばらいをした後、失神してしまいそうなほどの美しい笑みを浮かべた。

「とても美しい。まるで女神が降臨したのかと思ってしまったよ」

「まぁ、ありがとうございます」

今までずっとワーグナー殿下の相手をしていたから忘れていたけど淑女を褒めるのは紳士の最低限のマナーだ。この程度でときめいては駄目だ。

と、自分に言い聞かせるのはヴァイス殿下の言葉を思わず真に受けてしまいそうになったからだ。どうやら私には少しリハビリがいるようだ。

そう考えているといつの間にかヴァイス殿下が私の前に立っていた。

ヴァイス殿下は短い私の髪を少し持ち上げる。するとちゅっと髪にキスをした。

「マナーとして褒めたわけじゃない。本心だ」

「……えっ、あ、あの、えっと」

「分かった?」

動作は優雅で思わず赤面してしまったけど、最後の念を押すような言葉には有無を言わせない圧力があった。それで一瞬のうちに沸騰しそうなほど熱かった血管が一気に冷えた。

「はい」と答えた私を誰か褒めてほしい。

これは絶対にそれ以外の答えを言ったらダメなやつだ。命の危険すら感じてしまった。

後ろに控えているセレーナとリリーを見ると二人から視線を逸らされてしまった。

「そろそろ時間だ。行こうか、スフィア」

「はい」

◇◇◇

父親を告発してその地位についた女公爵。

そんな私に好奇の目を向ける者、女だからという理由で見下す者。様々な視線を受けながら私は陛下より公爵位を賜った。

そのまま、新公爵のお披露目会となる。

私は公爵として多くの人に挨拶をしないといけないし、人脈も作らないといけない。侮られないように威厳も見せないといけない。

私に婚約者はいない。だから息子のいる家は私と婚約できないかと画策している。公爵家と婚約するには辺境伯爵から上の階級が必要になる。もちろん、場合によっては下級貴族と婚約することもあるがそれは何らかの利益があると見込めた場合のみだ。

「女公爵も若いうちに跡継ぎが必要でしょう」

目の前の肥え太った豚《ぶた》と子豚のような男が男爵の位でありながら自分たちがもらってやるとばかりに婚約の話をしてくる。それは彼らよりも上の階級の人間よりも自分たちが上なのだと行動で示しているようなもの。

「あなたが気にすることではありませんわ、男爵」

「私は親切心で言っているのですぞ」

「そうだよ、この僕が傷物であるお前をわざわざ貰ってやるって言ってるんだ。有り難く思え」

「遠慮させていただきます」

「後悔するぞ」と子豚。

「意地を張るものではないぞ、女公爵。そなたのような傷物の令嬢を好き好んで貰ってくれる人などいないのだから。私が親切にしているうちに頷くべきだ」と豚。

「男爵家が施せる教育水準で公爵の夫となれるほど安い椅子ではありません」

「我らを愚弄するか」

「事実を述べたまでです。身分階級も理解できず、陛下が与えてくださった公爵という地位を軽んじるその言動で優れた教育を受けたと解釈してくれる酔狂な人間は残念ながらこの国にはいませんよ」

「その通りだ、男爵」

そう言って私の隣に立ったヴァイス殿下はさり気なく私の腰を抱き寄せる。それを見た周囲がざわつく。

「俺が口説いている途中なんだ。お前如《ごと》きが横槍《よこやり》を入れて奪おうとするなど身の程を知れ」

今、その一言で完全に外堀を埋められた気がする。

挨拶の時に離れてくれたから一緒に回らずにすんでほっとしていたのに。

男爵ともめていた時に珍しく出てこないなと安堵していたのに。

最後にとんでもない爆弾を落としてきた。この機会を狙っていたな。完全に油断した。

「ヴァイス殿下、何かの冗談でしょう。この女は傷物ですぞ。高貴なあなた様に相応しくはありません」

勇者だな、豚。

今にも凶器を持ち出しそうな勢いのヴァイス殿下に真っ向から反論するなんて。

私には到底無理だ。命が惜しいから。

「俺の方こそ貴様に対して何の冗談だと言いたいな。何が相応しいかは俺が決める。男爵が決めることではない。下がれ。愚弟のせいで彼女の心は確かに傷ついただろう。ああ、この最も輝かしい女公爵のお披露目という素晴らしい夜会を汚している貴様らのせいで先ほどから彼女の心はズタボロに傷ついている」

いや、そこまで傷ついてはいませんよ。

「どうしてくれる？」

「ひっ」

「あっ」

豚はヴァイス殿下の殺気に中《あ》てられ泡を吹きながら失神。子豚も同じく。子豚の方は最悪なことに失禁している。

「さっさと片付けろ」

近くにいた護衛にヴァイス殿下は冷たく命じた。

XVII. 一度死んだから分かる。人生は本当に一度きり呪われているのだろうか。

新参者の公爵でしかも女だから気に入らないと思われるのは仕方のないことだろう。

しかもあのヴァイス殿下と親し気に話しているところを周囲に見られてしまっているので面白く思わない令嬢がいるのも分かる。

「聞いてますの」

ヴァイス殿下を撒《ま》いて、会場を抜け出した私は息抜きの為に庭で寛《くつろ》いでいた。すると後をつけて来たのか三人の令嬢に取り囲まれてしまった。

黒い髪と目をした一見大人しそうに見える彼女はシンシア・オスティナート侯爵令嬢。回帰前も今も一人では何もできず、自分よりも影響力のある人間の背後に隠れてコソコソと動き回る姑息《こそく》な女性だ。

赤い髪に緑の目をして、毒々しい赤いドレスを身に纏った令嬢。気の強さが顔にも表れている彼女はヴィッツ・イストワール侯爵令嬢。

前の人生で第一王子のヴィトセルク殿下の婚約者になることを狙っていた。けれど殿下が選んだのはリオネス・ユシカ侯爵令嬢。ここまでは今世と変わらない。

ヴィトセルク殿下とリオネスはすでに婚姻をしている。

前の人生でヴィッツはリオネスを毒殺しようとした。ヴィトセルク殿下が気づいてすぐに対処した為、リオネスが毒を口にすることはなかったが王太子妃の命を狙うのは重罪。

本来なら死刑だが、リオネスが助かったことと彼女がそれを望まなかったことにより国外追放になった。

「ワーグナー殿下に捨てられたからってすぐにヴァイス殿下に乗り換えるのは如何《いかが》なものかしら」

と、怒るヴィッツを見るに彼女は王太子妃の座を諦めて第二王子妃の座を狙っているようだ。

前の人生でヴァイス殿下は国内にはいなかった。だからヴィッツはヴィトセルク殿下と婚姻することを諦めなかったのだろう。

ワーグナー殿下は前も今も性格に難があったし、王から見放されていたからよほどの物好きでない限りは近づかないだろうし。

「傷物の令嬢なんてヴァイス殿下に相応しくありませんわ」

「身の程を弁《わきま》えて引き下がるべきだわ」

ヴィッツの取り巻きである二人の令嬢が援護射撃をしてくる。この二人はヴィッツが国外追放になった瞬間、あっさりと掌《てのひら》を返した。

彼女たちもヴァイス殿下の婚約者になることを狙っているのだろう。ただ今は私という敵を排除するために手を組んでいるだけ。

「ヴァイス殿下に気があるのなら私を牽制《けんせい》するのではなく直接ヴァイス殿下にアプローチする方が建設的だと思いますが」

「ちょっとヴァイス殿下に優しくされたからって図に乗っているんじゃございませんか？　ご自分が傷物である自覚がおありで？」

ヴィッツは私を見下すことで優越感に浸っているようだけどその目には若干、苛立《いらだ》ちが見える。

ヴィッツは前の人生で、国外追放になった場所で医術を学び、歴史に名を残す医者になった。病弱な兄を救う為に医者を目指したのだとヴィッツは言っていたという。これは遠く離れた場所にいる私の耳にも届くほど有名な話だ。

そこでふと思った。

彼女はもしかして今の時点で本当は王族の婚約者ではなく医者になりたいのではないだろうかと。

ただ彼女の父親は野心家で権力の為に娘を王族に嫁がせることに固執しているし、それだけが娘の存在意義だとすら思っている人だ。彼女には兄がいるが、病弱で跡継ぎとして不安のある息子を侯爵は情けない存在だと貶め、切り捨てた。

最低限の世話を使用人に命じるだけ。

ヴィッツがこうも私に対して攻撃的なのは彼女自身も王族に嫁ぐことが全てだと思っているからだろう。それができなければ自分も兄のように切り捨てられると思っているのかもしれない。そして悲しいことにあの侯爵を見るに、それを否定することはできない。

もったいないと思う。

他国に知れ渡るほどの有名な医者になれるほどの凄い人なのに、生まれ育った環境でその手能が潰《つい》えていくのが。

「ちょっとさっきから聞いていますの？　公爵になったからといって私たちを無視するのはどうかと思いますわよ」

「ヴィッツ様の言う通りだわ。私たちも有力貴族。懇意にして損はないはず」

取り巻きの一人であるドーラ・ソヴィール伯爵令嬢。彼女はヴィッツの旗色が悪くなるとあっさりと掌を返した女。その女が「懇意にして損はない」とは笑わせる。

今までの内気で気弱な私相手なら強気に出れば簡単に言うことを聞くと思っているのだろう。

「女公爵になったからって何よ」

ドーラはくすりと鼻で笑う。自分が伯爵令嬢であるという身分を忘れているようだ。ヴィッツの取り巻きをしている間に自分が本当に強いと思い込んだ間抜けな狐《きつね》だ。

「所詮は女じゃない。恥ずかしくはないの、女の身で公爵位を継ぐなんて」

「恥ずべきことなど何もないわ！」

彼女の目を見据えて堂々と言ったからか、ドーラは驚き後ずさる。

ヴィッツは目を瞠って私を見る。

「ラーク公爵家の直系は私のみ。だからラーク家を私が継ぐのは何もおかしなことではないわ。性別なんて関係ない。男だったら何？　女だったら何？　性別に拘《こだわ》って、視野を狭めるあなたたちの方がよほど恥ずかしいわ」

「ドーラッ！」

ヴィッツの制止を無視してドーラは私の頰を叩く。

今まで身分が高いだけで自分よりも下だと見下していた相手に反論されたのがよほど気に食わなかったのだろう。

「誰が何と言おうと、私は公爵位を譲る気はない。私がラーク公爵よ！　ドーラ・シズ・ソヴィール伯爵令嬢、先ほどから誰に向かって発言をしているかお分かりですか？　あなたが叩いた相手は今まであなたが暴力を振るって言う事を聞かせていた使用人や下級貴族とは違うのですよ」

「ど、どうしてそれを」

知っているわ。

前の人生であなたは自分よりも下の者には強気に、上の者には媚《こび》を売って利用してきた。

身分が上でも気の弱い私のことを彼女は下に見て、いつもイビってきていた。

パーティーという衆人環視の中、ワーグナー殿下に捨てられたことをいつも笑いながら話していた。

従妹に婚約者を盗られたのは、私に女として欠陥があるからだと彼女が周囲に言いふらしていたのだ。

「あなたのご両親にあなたの再教育をご提案した方がよさそうですわね。それまであなたは社交を控えた方がいいですわ。身分が上の者に平気で手をあげる粗忽者《そこつ》など何を仕出かすか分かったものじゃありませんもの」

黙ってしまったドーラから視線を逸らして私はヴィッツに目を向ける。

「イストワール侯爵令嬢、私は婚姻しても夫に公爵位を譲る気はありませんし、それが理解できない者を夫に迎えるつもりはありません。傷物が何を偉そうにとお思いでしょうが、私は考えを変えるつもりはありません。例え周囲に行き遅れと笑われようと、一生独り身で過ごすことになったとしても。人生は一度きり。そして誰も私たちの人生に責任など持ってはくれません。強要はしてきますが。そんな、無責任な人たちの言いなりになって人生を台無しにするなんて馬鹿らしいでしょう」

だからイトワール侯爵令嬢、あなたにもあんな馬鹿な親の言いなりにならず好きな道を歩んでほしい。

あなたは、本当は素晴らしい人です。

そう、言いたかったけど言えなかった。

この先の未来を私は知っているけど彼女は知らないから。

それに私の行動で少しずつ変化が起き始めている。未来が私の知っているものとどう変化するか分からないのに、知ったようなことを言うのは傲慢というものだ。

だから私にできるのはここまで。

あとは彼女が自分で選んで決めることだ。

彼女に医者としての才能があったとしても強要はしない。私も彼女の人生に責任を持てるわけではないから。

XVIII. 物陰から見ていた

side. ヴァイス

俺の色で着飾ったスフィアは美しく、部屋に閉じ込め俺以外の人間の目に触れさせたくないと思った。

切れそうになる理性の糸を何度も結びなおして自制した。

彼女は一人で立つことを選んだ。

公爵として強くあろうとする姿を見て、俺のだと牽制することはあっても邪魔だけはしないと心に誓った。今後、彼女が手にする功績を俺のおかげなどと言わせてはいけない。

ああ、でも。

「分不相応なハエ共ぐらいは処理しても問題ないよな」

俺のスフィアに視線を向けるのも好意を寄せるのも許せないのに彼女を傷物と貶め、しかも公爵位を手に入れるための道具として婚約を取りつけようなど到底見過ごせるはずがない。

「処理しろ」

声なき指示にレオンとオズは姿を見せることなく去っていった。

まずはあの男爵からだ。

そして、次は。


「傷物の令嬢なんてヴァイス殿下に相応しくはありませんわ」

「身の程を弁えて下がるべきだわ」


俺から逃げてこんな場所にいたんだな、スフィア。

そんな月明かりに照らされるスフィアは美しいと有名なアフロディーテでさえも裸足で逃げ出すほどに美しい。

そんな彼女に群がるコバエが三匹。

「シンシア・オスティナート侯爵令嬢とドーラ・ソヴィール伯爵令嬢か」

俺は記憶を遡る。

「シンシア・オスティナートは確か、この後使用人の男との間に子供ができていたな。婚約者から莫大な慰謝料を請求され、彼女の両親がなんとか払ったが原因となった彼女は勘当されていたな」

そして彼女と恋仲であった使用人の男は貴族の令嬢を妊娠させたということで侯爵に体罰を与えられ、死んだ。

残されたシンシアが子供を連れたままどのような生活を送って死んだのかは知らない。だが今まで着替えも一人でしたことのない、お金に触れることさえない貴族令嬢が平民になってまともな生活が送れるはずがない。

行き着いた地獄で絶望の中、死んでいったのだろう。

きっと今回もそうなる。ならないのならそうさせればいい。彼女は見張りをつけるだけにしよう。勝手に自滅してくれるんだ。手を下す必要はない。

「ドーラ・ソヴィールは、伯爵がギャンブルに嵌《は》まっていたな。かなりの借金があったはず」

伯爵は何が何でも娘を良いところの家に嫁がせて、借金を肩代わりさせたいと思っているだろう。伯爵にとって娘は自分の不始末を片付けてくれる道具に過ぎないということだ。それに気づきもせず、与えられるドレスや装飾品を愛情と勘違いするなんて何て間抜けな令嬢だろう。

俺の方からとっておきの嫁ぎ先を用意してやろう。彼女に似合いの、相応な相手を。

「………ヴィッツ・イストワールは保留にしておこう」

スフィアを貶めるような発言の数々には腹が立つが、彼女はヴィッツのことを気にかけているようだし。スフィアの言葉を聞いてあの愚かな父親の呪縛から解き放たれた時、彼女は凄《すさ》まじい進化を遂げるだろう。それはこの国の為にもそしてスフィアの為にもなる。

だってきっと彼女はスフィアに恩を感じてくれるだろうから。

ただ……。

「警告はさせてもらおう」

スフィアに手を出せばどうなるか。

「スフィア、害虫は全部俺が排除してやろう。だから君は心おきなく復讐を果たすといい」

アトリは没落した。

「残るはアリエス・ヘルディンと我が愚弟」

◇◇◇

side．ヴィッツ

『人生は一度きり。そして誰も私たちの人生に責任など持ってはくれません。強要はしてきますが。そんな、無責任な人たちの言いなりになって人生を台無しにするなんて馬鹿らしいでしょう』

スフィア・ラークは変わった。

内気で、陰気で、いつも誰かの影に隠れている。まるでこの世の不幸を全部背負ったかのような顔をして、いつも何かに怯えて、いつも誰かの言いなりになっている。それが私の知るラーク公爵令嬢だった。

せっかく公爵令嬢として生まれたのにこれでは宝の持ち腐れだ。そんな彼女を見る度に苛立っていたのはきっと自分の心の中を彼女が体現しているみたいに見えたからだろう。だから嫌いだった。でも同時に彼女は自分と同じなのだと思っていた。

自分のことなのに主導権が自分にはない。私以外の誰かが私のことで主導権を握っていた。そこが彼女と同じだと思って、自分だけではないのだと安心していた。

でも、彼女は公爵になった。主導権を取り戻した。

……私は、一人になった。

私は、取り残された。

「おかえり、早かったね」

「お兄様、起きて大丈夫なんですの？」

「今日は体調がいいからね」

私の大好きなお兄様。この家の中で唯一、家族と呼べる人。でも、病弱なお兄様はきっと私よりも長くは生きられない。私よりも先に逝くお兄様。そして、私はまた一人、取り残されるの？

『人生は一度きり』

「ヴィッツ、どうかした？」

私もできるだろうか。一度きりの人生。誰も責任を持ってはくれない私の人生を私の好きに生きられるだろうか。彼女のように、私も。

「お兄様、私……私、医者になりたいんですの。お兄様を助けられる医者に」

「ヴィッツならなれるよ」

お兄様はそう言って私を抱きしめてくれた。

お兄様の腕の中の温かさが、胸から聞こえる鼓動が、お兄様がまだ生きているのだと私に教えてくれる。

いつかこの体温は失われ、鼓動は聞こえなくなる。考えるだけでも恐怖なのに誰もお兄様を助けてはくれない。

お父様はお兄様を捨てた。お母様も。私には無理だ。私にはお兄様しかいない。お兄様が死ぬなら私も死ぬ。それぐらいお兄様が大好き。だから絶対にお兄様を助ける。

そうよ。スフィア・ラークの言う通り。人生は一度きり。なら、好きに生きたっていいじゃない。

XIX.　既に手遅れだと彼女はまだ気づかない

side.　アリエス

ありえない、あり得

ない、あり得ない、あり得ない、あり得ない、あり得ない、あり得ない、あり得ない。


「見て、ヘルディン男爵令嬢よ」

「まぁ、ご覧になって。あのように指を噛《か》んで。はしたない」

「いい気味ね。彼女、少し調子に乗っていたから」

「アトリ様と仲が良くて、自分も近いうちに公爵令嬢になるからといつも偉そうにしていましたものね」

「ええ。本物の公爵令嬢を蔑《ないがし》ろにして」

「彼女、どうなるのかしらね」

「以前のスフィア様なら哀れな男爵令嬢に慈悲の心から手を差し伸べ、それこそ公爵家の養女にしていたかもしれませんね。でも今のスフィア様はどうでしょう。公爵位を賜ったせいか、なんだか以前よりも頼もしくなった気がしますわ」

「ええ。今のスフィア様ならきっと正しい判断ができますわ」

正しい判断って何よ。

私が、この私がっ！　男爵令嬢なんてあり得ないっ！

ワーグナー様も謹慎中とかで全然会えないし、お父様もお姉様の策略に嵌まって罪人になるし私はまだ男爵令嬢のまま。

何としても公爵令嬢になってあの女の上に立ってやる。

あんな女よりも私の方が相応しいわ。だいたい初めて会った時から気に入らなかったのよ。公爵令嬢だからって偉そうに、いつも綺麗なドレスを着て、見せびらかして。従妹なのにどうして私が男爵令嬢なのよ。

　あんな地味で取柄のない女よりも可愛くて聡明な私の方が公爵家に相応しいに決まっているわ。その証拠にワーグナー様だって私を選んだ。

「ワーグナー殿下は大きな魚を逃したな」

「ああ。大人しく彼女と婚約していれば公爵家がそのまま転がり込んできたのに」

「陛下はどうなさるおつもりだろうか？　まさか男爵令嬢と婚姻させて男爵家に婿入りなんてないよな」

「王族が男爵家に婿入りなんて前代未聞だな。それも借金まみれの没落貴族なんて尚更。だが他の王子ならともかくワーグナー殿下ならありなんじゃないか？」

「医者だけではなく陛下も匙《さじ》を投げられたと？」

「ああ。公衆の面前であのような醜聞劇をやらかしたのだ。面倒をみきれんだろ」

「しかし、男爵令嬢も何を思ってワーグナー殿下を選んだのやら。まともな令嬢ならまず選ばないな」

「ほら、噂をすればだ」

「あれが噂の男爵令嬢か。まぁ確かに可愛らしい見た目はしているな。恋人にするにはちょうどいいかもしれん」

「ああ。妻には向かないがな」

視線を感じる。

私が視線を向けてくる相手に目を向けるとみんな私から視線を逸らす。

なぜ?

しかもちらちらと私を見ながら何やら話している。

ああ、きっと私の可愛さに驚いているのよね。それにもう少しで私は公爵家の養女になれたのに性格の悪いスフィアに邪魔をされた。周囲から見たら私は可哀想な令嬢だもの。きっと同情しているんだわ。

近づいて慰めたいけど私はワーグナー殿下の婚約者。それでみんな怖気《おじけ》づいたのね。私から視線を逸らすのはその罪悪感からか。気にしなくても良いのに。

まぁ、そんなことよりもスフィアを探して一応媚を売っておこう。

あれに媚を売るとか最悪だけど、背に腹は代えられない。私が公爵令嬢になるまでよ。公爵令嬢にさえなれば、そのまま乗っ取るのも簡単。私が公爵位を代わりに授与されて、それをそのままワーグナー様にお渡しすれば、きっとワーグナー様は喜んでくれる。

ますます私を大切にしてくれるでしょうね。私はスフィアなんかとは違って色んな人に愛されている。愛されるべき人なのよ。

XX. 開幕のベルを鳴らせ。この世で最もつまらない喜劇の始まりだヴィッツたちが逃げるように去っていった後、すぐにヴァイス殿下が来た。

「探したよ。こんな所にいたんだね」と言って。

まさかつけてきたのだろうか？　という思いが一瞬頭を横切ったがそんなこと、当然だが王子相手に聞けるわけがない。

いくら相手が気さくに話しかけてくれていても私は公爵で、相手はこの国の第二王子なのだ。

「少し息抜きに出ていました」

「そうか。しかし、ここは冷える。休憩なら控え室に移動しよう」

「いいえ。折角のお申し出ですが主役である私が長く会場を離れるわけにはいけませんので会場に戻ります」

「そうか、それは残念だ。あなたを独り占めできるチャンスだったのに」

「……」

どこまで本気なのだろうか。

「全部、本気だよ」

私の心を読んだかのようにヴァイス殿下が言った。

どう返して良いか分からず、戸惑う私にヴァイス殿下は「会場に戻ろう」と言って肘を出した。会場までエスコートをしてくれるようだ。

私は少し躊躇いながらも彼の肘に手を置き、会場へ向かった。

恋愛に対して初心者の私にヴァイス殿下は歩調を合わせてくれているのだ。それが嬉しくもあり、申し訳なくもある。

会場に戻ると桜色の髪が視界に入った。

アリエス。彼女は何かを探すようにきょろきょろと辺りを見渡している。いつもならお友達の令嬢と一緒なのに今日は一人だ。きっとお父様の失脚と以前と変わってしまった私と彼女の仲から公爵令嬢になれない可能性があると導き出して様子見をされているのだろう。

貴族は利に敏《さと》い（疎い馬鹿もいるけど）。

アリエスは私を見つけて嬉しそうに笑った後、私のエスコート相手を見て驚いていた。一瞬だけ、苦虫を噛み潰した顔をしたように見えた。

見間違いかなと思う程一瞬のことだった。

彼女はすぐに笑顔を取り戻して私の元に駆けよる。まるで大好きな主人を見つけた犬のように。

駄犬にも劣るけど。だって、駄犬でも犬の方が可愛いもの。

「お姉様、探しました。どこに行ってらしたんですか？」

「少し息抜きに庭に出ていただけよ」

「殿方と一緒にですか？　お言葉ですが、男性と親しくなるのはあまり感心しませんわ。だって」

くすりとアリエスは笑った。

顔は人の好《よ》い笑みを浮かべ、けれど私にだけ分かるように彼女は確かに私を嘲笑《あざわら》ったのだ。

可哀想な子。両親を亡くして、だけど誰にでも優しくていい子だと思っていた前の私を殴りたくなるわ。本当に何も見えていなかった。

いいえ、目を瞑《つむ》っていたのね。気づかないふりをしていた。

そこかしこに気づくべき点は転がっていたにも拘わらず、都合が悪かったから。

あなたが自分の価値を高める為に私を利用していたように、私もあなたを利用していた。あなたに優しくすればいつかお父様は私も愛してくれるようになるかもしれない。だから私はあなたに優しくしていた。

それにはあなたが悪女では困るのよ。

あなたが優しいから私も優しくしている。そう思うことで自分自身を守っていた。だけど、もうその必要もない。

「ワーグナー殿下に婚約破棄をされたばかりなのに、もう次の殿方を捕まえるなんてはしたなくございませんか？　ヴァイス殿下、申し訳ありませんがお姉様の醜聞になる可能性があるのでこういった接触はお控えいただけると嬉しいですわ。お姉様の為にも。代わりに私がお相手を致します」

何も知らない無垢《むく》な少女の顔。だけど目は口ほどにものを言うものだ。彼女の目は獲物を狙う肉食獣のものだ。王位継承権の高いヴァイス殿下に乗り換えるつもりだ。

自分は可愛いから、話しかけるだけで全ての男が自分に惚れると思っているのかしら。何て恥ずかしい子。

ヴァイス殿下に触れようとしたアリエスの手を私は持っていた扇子《せんす》で叩き落とした。

私がそんなことをすると思っていなかったアリエスはとても驚いている。ええ、そうでしょうね。あなたの知っている都合の良い私なら「そうね、ごめんなさい。気をつけるわ。ありがとう、アリエス。私の為に」そう言ってヴァイス殿下を譲ったでしょうから。

「アリエス、あなたは何様なのかしら？」

「えっ？」

「ワーグナー殿下の婚約者になれたからといって王族になれたわけでも公爵家の人間になれたわけでもない。あなたの身分はまだ、ただの男爵令嬢よ。なのに、私に指図をするの？　いくら従妹でも礼儀は弁えて欲しいわ。それに自分は無関係みたいな言い方だけど私の婚約者を盗ったのはあなたでしょう？　従姉の婚約者に手を出すなんていったいどちらがはしたないのかしら？　それと許可もなく王族であるヴァイス殿下に触れるものではないわ。ワーグナー殿下の婚約者を名乗るなら礼儀を学びなおした方が良いわ。ワーグナー殿下に家庭教師の手配を依頼しておきますわね」

「……ワーグナー殿下に？」

どうして公爵家が手配しないのって顔しているけど当然じゃない。本当に自分の立場が分かっていないのね。

「当然でしょう。あなたは公爵家の人間ではないもの。だからそれを手配するのは男爵家かあなたの後見人、もしくは婚約者であるワーグナー殿下になるわ」

私はアリエスに話しているようで実は会場にいる全ての人間に情報を与えているのだ。ラーク公爵家がアリエスを公爵家に迎え入れることはしないと。

「お姉様は私の後見人ではないの？」

「ええ。あなたは確かに私の従妹ではあるけど、ヘルディン男爵家は分家の中でも一番下に位置するの。だからラーク家があなたの後見人を務めることはできないの」

厳密に言えば法律で定められたものではないので可能と言えば可能だ。

ただその場合はあらぬ憶測を呼ぶ。例えば、その子供が公爵家の妾子《しょうし》だからわざわざ後見人に名乗り出たのではないかと。

貴族にとって体面は大事だ。相手に隙を与えることも許されない。何が致命傷になるか分からないからだ。そんなリスクを背負ってまでアリエスの後見人を務める価値はない。

「そんな……で、でも、上級貴族が下級貴族の後見人を務めたことはありますよね」

「それはそれだけの利益があったから。先行投資のようなものよ」

私は持っていた扇子でアリエスの顔を上にあげさせ、私を見上げるようにさせる。

「現在、公爵家に借金をしているあなたに投資するものはないわ。お父様があなたの為に使い込んだ領地の金まで返せとは言わない。でも、あなたがラークの名を名乗ることは許さない」

お父様の横領したお金は全てアリエスに使われた。そういう情報を与えるだけで貴族は勝手に憶測する。本当はアリエスも前公爵が横領しているのを知っていたのではないかと。

真実などどうでもいい。

話は面白ければ面白い程いいのだ。それが相手を不幸に陥れることになる話なら尚更。

男爵家から公爵家へ。夢のような話は泡と消え、奈落へ突き落とされる滑稽な姿は貴族の好みに合うだろう。

まずはあなたの社交界での立場を失くしてあげる。

かつての私があなたたちによって社交界を追われたように。

ああ、なんてつまらない喜劇だ。

XXI. 敵は身内ばかり

「スフィア様、お客様がいらしています」

公爵お披露目会翌日、少しはゆっくりしたかったがそうもいかなかった。

「今日は訪問の予定があったかしら？」

「いいえ」

普通は事前に訪問する日時を手紙にしたためる。相手の許可が出たら訪問するものだ。これは身分に関係ない、するべきマナーだ。そうすれば、訪問したのに相手が留守という事態も防げる。

「誰？」

「ヨネスト伯爵夫妻です」

「はっ」

思わず笑ってしまった。

伯爵家でしかも分家の人間が事前の連絡もなく訪問とは随分と馬鹿にしているようだ。

ミランダ・ヨネスト伯爵夫人は母の妹だ。だから私に対しても強気に出られるのだろう。彼らは私の父やアリエスのことを嫌っている。私に取り入って公爵家を我が物にしようと虎視眈々と狙っているのだ。


『あなたはラーク家、唯一の跡継ぎなのよ。どうしてそう情けないの』

『あんな連中にラーク家を乗っ取られるわけにはいかない。全て俺たちに任せろ』

そう言ったヨネスト伯爵夫妻はあろうことかアリエスを毒殺しようとした。しかしそれは未遂に終わった。失敗に終わった伯爵夫妻は全て私の指示でやったと言った。

もちろん、私はそんな指示を出してはいなかった。けれど、動機としては十分にあると考えたワーグナー殿下はこのことを公にして私を罪に問おうとした。

証言だけでろくに調べもせず。しかし、アリエスが泣きながらそれを止めた。

『大切なお姉様なの。きっとお姉様にも事情があったと思うの。だからお願い。未遂ならなかったことと同じでしょう。このことは私たちの胸に仕舞いましょう』

涙ながらに訴えるアリエスにワーグナー殿下は『何て優しいんだ』と感動していたけどお門違いもいいところだ。

そもそも私は何もしていない。そう訴えても動機があるという理由だけで犯人にしておいてどこが優しいのだろう。

この事件は公になることはなかった。その為、正式に調査をされることもなく終わった。一つの冤罪だけを当事者の心に刻みつけたまま。


「スフィア様、いかがいたしますか？」

前の人生のことを思い出していた私はギルメールの言葉で意識を現在に戻す。ギルメールは暗にマナーを知らない無礼者を追い返してもいいと告げているのだ。

本来ならここで追い返すのが正解だ。

相手は事前の連絡もなく来ている上に格下なのだ。でも、あの恥知らずな伯爵夫妻は喚《わめ》いて暴れて私が出てくるまで帰らないだろう。

「直ぐに行くとお伝えして」

「畏まりました」

もちろん、すぐに行ったりなどしない。

一時間、経過……二時間経過。その間に何度かギルメールが私を呼びにきた。と言っても伯爵夫妻がうるさいから形式的に確認にきているだけだ。彼は立場をよく分かっているから私を急かしてまで伯爵夫妻の元に行かせようとはしない。

彼以外の使用人には夫妻がいる部屋には近づかないように通達している。

結局、私が伯爵夫妻の元に行ったのは夫妻が来てから八時間後だった。そこまで待っている夫妻もどうかと思うけど。

「お待たせいたしました」と言って何事もなく部屋に入って来た私を二人の鬼のような顔が出迎えた。

「随分と遅かったじゃない」と言ってくるのは金髪に青い目をしたふくよかな女性。彼女はミランダ。伯爵夫人で私の母の妹になる。

「申し訳ありません。何分、公爵になったばかりで立て込んでいまして。事前に連絡を頂ければ調整できたのですが、急だったもので。それでどのような急用で来られたのですか？」

事前に連絡を寄越さなかったのだから待たされたことに対して文句を言う筋合いはあなたたちにはない。更には私は公爵であなたたちは分家筋の、しかも分家筆頭でも何でもない。ただの伯爵だ。呼びつけるべき相手ではないことを認識しろ。礼儀を無視して来たのだから当然、急用よね。というか急用以外受け付けないけど。という意味が先ほどの言葉に隠されていた。

伯爵夫妻として私よりも長く貴族社会にいる彼らは、私の隠された意味を間違いなく受け取った。

その為、彼らは一瞬、言葉を詰まらせる。しかし、線の細い男性、ミランダの夫であるアントニーはすぐに気を取り直す。

「急に来て申し訳ない。女公爵という慣れない地位を得た君を慮《おもんぱか》ってのことだ」

「私のことを、ですか？」

あくまで私の為だから多少の無礼を許せと言う。その言葉自体が無礼であることには気づいていないらしい。馬鹿にしている。

「そ、そうよ。私たちはあなたの力になりたくて急いで来たの」

「女公爵の仕事は大変だろ。私たちが手伝おう。スフィアは何も心配しなくていいよ」

「あはっ」

思わず笑ってしまった。

「スフィア？」

訝しむ二人を他所に私は笑う。

「つまりあなた方は私にお飾りの公爵でいろと？　陛下より賜《たわま》った地位を私物化しろと？　それが罪であるという認識すらない方たちにどのような領地経営ができるというのですか？」

「私たちはあなたの為を思って言っているのよ！」

「そうだぞ、スフィア。口を慎《つつし》めっ！」

「ヨネスト伯爵夫妻、誰に向かって口を利いているの？」

笑うことを止めて彼らを睨むとそこで初めて彼らは私が自分たちの知っている私ではないことに気づいたようだ。とても間抜けな顔で戸惑っている。

強く出れば簡単にその地位を明け渡すと思ったのだろう。以前の私ならそうしていただろう。ただ、以前の私ならそもそも公爵になろうとすらしなかっただろう。そんなことにも気づかないなんて。物事を自分たちに都合よく考えすぎだわ。

「わ、私はあなたの叔母《おば》なのよ」

利用するだけ利用して捨てたくせに。都合が悪くなると身内面するのね。吐き気がするわ。

「マナーも守らずに来て、そのことに対して謝罪もない。その上、公爵家を私物化するのを黙認しろという。素晴らしい身内ね」

「わ、私たちはあなたの為を思って」

「そうだ。そもそもお前に女公爵など荷が重すぎる」

何も知らないと本気で思っているのね。

「ギルメール」

後ろに控えていたギルメールは私が呼ぶだけですぐに欲しい物を手元にくれる。私は彼がくれた資料を二人の前に放り投げた。

それを読んだ二人は顔色を悪くする。

「随分と使い込みましたね。家計は火の車。領地経営は人任せ。机の上に置かれた書類には目も通さず判を押すだけ」

私はわなわなと震える二人に冷笑を向ける。

「平民の子供でもできる仕事ぶりで公爵の仕事ができると？　叔母様、ご心配には及びませんわ。このギルメールはお祖父様の補佐官でもあるの。その彼が今は私の補佐をしているわ」

「お父様の補佐」

娘なのに知らなかったのね。それだけ彼女が領地にもその仕事にも興味がなかったということでしょう。

ギルメールがお祖父様の補佐をしていた。その事実だけで二人は勘違いをしたようだ。私の後ろには先々代公爵がいると。

勘違いするように仕向けたのだけどね。実際はまだお祖父様は私を認めてはいないのだろう。会いにきてはいないから。

「分かったのならもう帰っていただけますか？　ああ、遅い時間だから泊めてくれって言うのは無しですよ。マナーを守らなかったあなた方の責任なので」

ぐしゃりと伯爵は自分の家の事情が事細かに記載されていた資料を握りつぶした。まさかここまでしているとは思わなかったのだろう。てきとうに優しい言葉でもかければ簡単に靡《なび》くと思ったのだろう。そうしたら公爵家の権力と財力が簡単に転がりこむと思ったのだろう。そんなこと、お祖父様が許すはずがない。

隠居の身とはいえ、その発言力はいまだ健在。自分の死後、ラーク家を切り盛りできるようになる相手を見極める為に今は静観しているだけだ。

彼らにその力があればお祖父様は簡単に私など切り捨てるだろう。

大事なのはラーク家で私ではないのだ。前の人生の時、私はお祖父様の期待に応えられず失望させてしまった。次にお祖父様は欲しいものの為なら手段を選ばないアリエスに目をつけて静観していた。私の死後、どうなったかは分からないけど、きっと彼女たちもお祖父様のお眼鏡には適《かな》わなかっただろう。

「思い上がるなよ。お前が公爵位を継げたのはその家に生まれたからというだけだ。すぐに自分の手に余るものだと理解し、泣きつく羽目になる。帰るぞ」

訳の分からない捨て台詞《せりふ》を残して伯爵夫妻は荒々しく帰っていった。

「どうして自分の方が優秀だと無条件で信じられるのかしら」

私は温くなったお茶を一口飲む。

「井の中の蛙《かわず》だからでしょう。同じ人種しかいない場所で過ごしていたのならそう思い上がっても仕方がありません。大海原を知らぬ者に理解しろという方が酷なもの」

ギルメールは私の手からカップを取り新しく紅茶を淹《い》れなおしてくれた。

「ギルメール、あの二人をよく見張っておいて」

「何かすると？」

前回はアリエスを殺す為に彼らは毒薬を用いた。でもそれはアリエスが公爵家の養女になっていたからだ。毒の強いアリエスを殺して気弱な私を生かした方が操りやすい。

でも今は違う。アリエスは公爵家の養女ではないし、今回のことで私の方が扱いづらいと思ったはず。それに伯爵夫人はお母様の妹。私が死ねば彼女が次の女公爵となる可能性だってある。もっともそんなことになれば分家筆頭のガーネスト伯爵が許さないでしょうけど。

「馬鹿な人間ほど行動が予想できないからね。念のためよ。それとジュディを呼び寄せておいて」

ジュディ・ヨネスト。あの夫妻の息子にしてはまともな人間だ。外国を渡り歩いているので国内にはほとんどいないが居場所は摑んでいる。

「畏まりました」

私の命令を実行すべくギルメールは部屋を出る。一人になった部屋で私はほっと息をつく。

XXII. 鬼は他者の裡《うち》にも鬼を見る

side. アリエス

お姉様が正式に女公爵となった日から私の生活は一変した。誰も私をお茶会に誘わなくなった。私が公爵家の養女になるのは確定していた。お父様も私のことを実の娘のように扱ってくださった。けれど私は未だに男爵令嬢のまま。しかもただの男爵令嬢ではない。借金を抱えた没落貴族としての烙印《らくいん》まで押されてしまった。

「っ。スフィアの分際で」

どうしようもない怒りがわいてくる。

しかもお姉様はお披露目会の時にどういうわけかヴァイス殿下と一緒にいた。第二王子であるヴァイス殿下。彼ととても親しげだった。

私の婚約者であるワーグナー殿下は第三王子だ。

あの女はどうあっても私の上に立ちたいらしい。嫌な女だ。

「アリエスお嬢様」

「何よっ！」

私がわざわざ返事をしてあげたのに部屋にいた私付きの冴《さ》えない侍女はびくりと怯えた。まるで私が彼女に意地悪をしているみたいじゃない。

嫌なのよね、こういう女。

自分はか弱いですってアピールして男に守ってもらおうとするなんて浅ましい女。さすがは浅ましいスフィアが選んだ侍女ね。

「あの、お手紙が」

おどおどしながら出してきた手紙を受け取った序《つい》でに私は彼女に解雇通告をする。

「お、お嬢様、私は」

ポロポロと涙を流す侍女。

私みたいな可愛い子が涙を流すなら分かるけどあんたみたいなブスが涙を流したって不細工《ぶさいく》な顔が更に不細工になるだけじゃない。

「さっさと荷物をまとめて出ていってくれる？」

紹介状のない侍女が同じ仕事に就くことは難しいって話は聞いたことがあるけど紹介状を書いてあげるつもりはない。

きっと彼女はそうやって涙を流して、か弱いアピールをして主人の男を誑《たぶら》かそうとするのだろうから同じ仕事に就けないようにしてあげるのは英断だと思うし。

「公爵家でお茶会、いいわね」

手紙は知り合いの令嬢からだった。子爵令嬢如《ごと》きが私に提案するのはどうかと思うけど公爵家でお茶会をすることで私と公爵家の関係をアピールすることもできる。

「まだよ、まだ私が公爵家の人間になる未来が潰えたわけじゃない」

お姉様は今までに知っているお姉様とは違う。でもどう変わろうとも所詮はスフィアだ。泣き落としか、無理でも別の方法でお姉様を今の地位から引きずり下ろせばいい。どんなにヴァイス殿下と仲が良くても所詮知り合い程度だろう。

私はワーグナー殿下と婚約までしている。私の方が強い。それにスフィア如きに落とされるような男だ。私が本気を出せばヴァイス殿下だってきっと私の方が良いと思うに決まっている。

だってスフィアよりも私の方が可愛いもの。

私はさっそくお茶会の準備を始めることにした。

「お嬢様、女公爵様の許可も得ずに邸でお茶会をするのは」

さっきの冴えない侍女は泣きながら部屋を出ていき、代わりに別の侍女が部屋に入ってきたがどいつもこいつも使えない。

侍女如きが私に意見をするなんて。

「うるさいわねっ！　立場を弁えなさいっ！」

やっぱりお姉様に女公爵なんて無理なのよ。侍女の躾もろくにできていないじゃない。分不相応なことに手を出すから恥をかくとお姉様には教えてあげないとね。

お姉様ではなく私こそが公爵に相応しいのよ。だって私はお父様の娘だもの。

この時の私は何も分かっていなかった。自分の信じていた世界が瓦解していくことも。

◇◇◇

お茶会当日。

「……」

何？　どういうこと？

「まぁ、リオネス様。お久しぶりですわ」

「リオネス様もご招待を頂いたのですか？」

「いいえ。私はルシフェルにお茶会のことを聞いて、不作法と知りつつもお邪魔をすることにしたんです」

ルシフェル・ル・レーヴェル、貴族のくせに商売をしている平民のような女。そして私にお茶会の提案をしてきた人間。彼女が連れてきたのはリオネス。

銀色の髪に緑の目をした彼女はリエンブール王国王太子の妃で元侯爵令嬢。つまりはここで一番身分の高い令嬢になる。

彼女の後ろには灰色の髪に薄水色の瞳をした騎士が一人立っていた。男のくせに美しい顔だち、白磁の肌をした彼は物腰が柔らかく、優しいと令嬢たちの中で評判のエーベルハルト・ウィシュナー。

ヴィトセルク殿下の専属護衛騎士だ。

「殿下が心配してウィシュナー卿《きよう》をつけてくださったんです」

何それ。自分は愛されていますってアピール？

女のくせに剣を扱う野蛮人を一国の王太子が本気で愛するわけないじゃない。しかも彼女、剣術大会で優勝したこともあるらしいけどそんなのお膳立てされた大会に決まってるじゃん。そんなことも気づかずに調子に乗って。

「殿下は本当にリオネス様を愛していらっしゃるんですね。羨ましいですわ」

こんなのお世辞に決まっている。

「私にはもったいない程素敵な方ですわ」

ええ、あんたには確かにもったいない。

ていうか、いつまで主催者の私を無視してお茶会を進めるわけ？

主催者は私だけどリオネス様に私から話しかけることはできない。元侯爵令嬢で身分は何れ公爵家の養女になる私よりも低いけど今は王太子妃だ。貴族社会のそういう規則って本当に面倒だしややこしい。王太子妃だから何よ？　所詮は侯爵令嬢じゃない。公爵令嬢になれる私の方が身分は上なのに。気に入らない。

「少々、よろしいですか？」

私がイライラしているところに更にイライラさせる存在がお茶会に乱入してきた。

「まぁ、ラーク公爵」

リオネスがすぐにお姉様に挨拶に向かう。私のことは無視したくせに。

「お久しぶりです、リオネス様」

お姉様は私が招待した客人を見渡してから私に視線を止める。

「どうかしたんですか？」

立場を分からせてやろう。

私は怯えたような態度でお姉様を見る。それはまるで私が常時、お姉様にいびられているかのように。私は何も言っていないわ。周りが勘違いしただけ。お姉様を今の地位から引きずり下ろすなんて簡単なんだから。

親を亡くした可哀想な私に手を差し伸べない人だもの。周りだってお姉様が私を虐めていると信じても仕方がないわよね。お姉様が少しでも私を助けようと公爵家に受け入れていたらこんな勘違いは起きなかったのに。本当、馬鹿なんだから。

「お庭が随分《ずいぶん》と賑《にぎ》やかだったから見に来たのよ。公爵家の主として何が起こっているのか現状確認をする必要があるから」

「えっ、もしかしてラーク女公爵は何もご存知なかったんですか？」

「ええ」

何よ。どうしてみんな驚いているの。私がどこで何をしようが私の勝手でしょう。いちいちこの女の許可がいるわけ。

「アリエス、ここは私の邸よ。そこでこういう勝手な真似は止めてくれるかしら」

首を傾げ困ったわとでも言いたげな表情をするスフィア。彼女がどうしてこんな顔をするのかは分かる。リオネス様について来た護衛騎士にアピールしているのだ。

自分はか弱い女だってアピールして、媚を売って、ついでに私が悪人であるかのように貶めようとしている。何て女だ。どんな男にでも媚を売って、尻尾を振って。汚らわしい女。

「酷いですわ、お姉様。ここは私の邸でもあるのに」

そんな手に引っかかるほど私は馬鹿じゃないのよ。

私は目からほろりと涙を零す。これだけでいい。これだけでみんな私が可哀想な子だって分かる。

「いいえ、ここはあなたの邸ではないわ。あなたはただの居候《いそうろう》。庇護してくれる両親はおらず、邸は借金返済に充てたから行き場を失ってしまった可哀想な男爵令嬢を置いてあげているだけ」

「まぁ、本当にラーク女公爵様はお優しいですわね」

はぁ!? ちょっと、今のどこが優しいって言うのよ。あんた馬鹿じゃないの。ルシフェルの言葉に更にいら立ちが募る。彼女は私を見てくすりと笑った。

こいつ、スフィアと組んで私を貶めるつもりだ。

「ラーク家に借金をした状態でラーク家のお金を湯水のように使い、しかも女公爵様の婚約者まで奪うような恩知らずを置いてあげているなんて私には到底真似できませんわ」

ルシフェルの言葉は一見、スフィアをお人好しだと貶めているように感じるけどこれは違う。そう見せかけて私の情報を周囲に周知させているのだ。既に周知されているであろう情報にも拘わらず再度口にするだけでみんなに印象付けようとしている。

ルシフェルは公爵家でお茶会をするよう提案してきた令嬢だ。最初からスフィアとグルだったんだ。嵌められた。

「私が甘やかしすぎたから勘違いをさせてしまったのね。アリエス、ごめんなさいね。でもね、あなたを公爵家に迎え入れることはできないの。公爵家は私が継いだし、跡継ぎもそのうちできるでしょうし」

どうやらスフィアには現実が見えていないようだ。

「あんたにまともな縁談が来ると思っているの？　婚約破棄された傷物令嬢なのに」

「ええ。少なくとも男を寝取ったはしたないあなたよりもね」

まるで私が婚約破棄されるような物言いだ。

「そんなはしたない髪で？」

「あなたの婚約者がやったことですけどね。それとももし何かの間違いで跡継ぎができなかったとしても分家筆頭から順に相応しい子を養子に迎え入れて育てるつもりだから。間違っても没落寸前の男爵家から選ぶことはないのでアリエス、公爵家の一員のように振る舞ったり、ラーク家の侍女を勝手に解雇しようとしないでくれる？　そんな権限は与えていないわよ」

「まぁ、そのようなことをアリエス様はされたのですか？」

今まで黙って聞いていたリオネス様はわざとらしく驚いてみせる。

するとそれに追随するように「信じられない」「どんな神経しているの」「公爵家においてもらっているだけでもあり得ない状況なのに」と私を批判する。まるで私が間違っているかのように。そうすることでスフィアに媚びているのだろう。権力に群がる害虫共が。

「彼女たちには一時的に職場を移動させましたの。今はアリエスと顔を合わせないように侍女頭に頼んで仕事させていますわ」

「正当な理由があるんですの、お姉様」

何とかこの空気を変えないと。招待した令嬢たちはみんなスフィアに寝返った。でもそうだ！　一人だけ私の味方をしてくれそうな人がいる。

エーベルハルトだ。私は彼を見る。すると目が合った。大丈夫だ！　彼は優しいと評判だし、この状況できっと私に同情してくれているはず。

私は目を潤ませてちらちらと彼を見ながら言う。

「あの侍女たちは公爵家の侍女なのに、男の方に色目を使いますの。ワーグナー殿下が私の元に来てくださった時からずっとそうでしたの。ずっと我慢していたんですけど、つい限界が来てしまって」

くすんと泣く。ちらりとエーベルハルトを見るが、彼は動こうとしない。どういうこと？　か弱い女が泣いているのにどうしてハンカチの一つも出さないの？

「彼女たちは仕事として客人としてみえた殿下をもてなしていただけよ。普通の令嬢ならそれだけで男に媚を売っているとは思わないわ。でもあなたは勘違いした。それは仕方のないことね。だってワーグナー殿下は今、謹慎中であなたに会えない状態。彼が訪ねてきたのは謹慎前のことだから」

スフィアは自分の婚約者だった時のことだと匂わせる。

そっと近づいてきたスフィア。次に何をするつもりだろうと身構えた私の耳元で彼女は「鬼は他者の裡にも鬼を見る。自分が男に媚を売っていたんだもの。周囲の令嬢も同じだと勘違いするのはよくあることよ」と言ってきた。

私は思わずスフィアの頬を思いっきり叩いてしまった。

周囲が静かになる光景と頬を叩かれたスフィアの体が後ろに傾く光景がまるでスローモーションのように見えた。

「ラーク女公爵」

近くにいたリオネスが咄嗟《とっさ》にスフィアを支えたから彼女が地面に倒れることはなかった。

やってしまったと思った。彼女の挑発に乗ってしまったと思ったのは叩かれた時に私を見て彼女が笑ったからだ。

「アリエス様、幾ら何でもあなたおかしいんじゃありませんの。ラーク家で好き放題して、ご自分が女公爵にでもなったつもりですか？　あなたなんてラーク女公爵の慈悲でここに置いてもらっているだけ、本来ならいつ追い出されてもおかしくはないんですのよ。それなのに、このように暴力を振うなんて。ご自分の立場をもっと自覚なさった方がよろしいですわよ」

リオネスの強い叱責が私の耳をつんざく。周囲を見渡すと敵意しかなかった。助けを求めるようにエーベルハルトを見るが彼は静観するだけで何も言ってはくれない。

「ラーク家に負わせた借金を返す為にさっさと自活するべきなのにいつまでもしがみ付いて。まさかとは思うけど今日のお茶会もラーク家のお金を使ったんじゃないでしょうね」

「っ」

「アリエス、今日私が顔を出したのは許可もなくお茶会が邸で行われていたからだけではないの。我が家に未払いの請求書が来たわ。お茶会にセッティングされているものをあなたラーク家の名前を使って購入したのね」

当然じゃない。だって、ラーク家で開催するお茶会なんだから。それに私、お金を持っていないし。

「あなたはラーク家の人間ではないわ。例えラーク家の邸で暮らしていてもね」

それはスフィアがさっさと私をラーク家の養女にしないからでしょう。だからこんな面倒なことになっているんじゃない。私のせいじゃないわよ。

「だからラーク家のお金は使えないの。あなたが使えるお金はワーグナー殿下から支給されたものだけよ」

「でも、ワーグナー様は」

「ええ。今は謹慎中ね。あなたもその間は大人しくしているべきじゃない？」

どうして私が？

婚約破棄が問題なら、それは破棄されるスフィアが悪いんでしょう。

騒動を起こしたことが問題ならそれは騒動を起こしたワーグナー様が悪いんじゃない。私は何も悪くないわ。

「ワーグナー殿下の謹慎が解け次第、あなたの処遇について考えるわ。皆さん、申し訳ありませんが本日はお引き取り下さい。後日、公爵家から正式な謝罪を致します」

「ラーク女公爵のせいではありませんわ」

「ええ。ご自分の立場が理解できていなかったアリエス様の責任ですわ」

みんな口々に私を罵って帰って行った。私が男爵家の人間だからって馬鹿にして。

XXIII. 虎の威を己のモノだと思い込んだ狐が喚く姿は道化師のようだった

side. ヴィトセルク

「リオネス、帰ったか。どうだった、久しぶりの茶会は？」

「中々面白い茶番劇でしたわ。ヴィトセルクの仰る通り、ラーク公爵は変わりましたわね」

今回のお茶会は全て仕組まれたことだった。

まずお茶会を公爵家で開催するきっかけとなったルシフェル嬢のアリエス嬢に向けた手紙は彼女がスフィア嬢に頼まれたから出したものだ。

代わりにラーク女公爵がルシフェル嬢の生家で行っている商売の後ろ盾になることになっている。

ルシフェル嬢の家は手広くやっていて潤沢な財力のある家だが、爵位が低すぎる。その為、財力目当てで不当な要求をしてくる上級貴族を退けることにいつも苦労していた。中には親子ほど年が離れているにも拘わらずルシフェル嬢を自分の嫁にと言ってくる連中もいる。

しかし、ラーク公爵家が後ろ盾になればいかに上級貴族と言えど下手に手は出せない。

彼女は新米の公爵で、女。しかも愚弟に婚約破棄された身で馬鹿にしている貴族もいるが異母弟のヴァイスが彼女を気にかけている。目ざとい奴は既に気づき、利に敏い奴らは彼女の味方に回り始めている。

商売で成功しているレーヴェル子爵家がそのことに気づかないはずがない。

「『最近、お茶会に来られないから心配しています。そう言えば、ラーク公爵家のお庭は素晴らしいと有名ですわね。一度見てみたいですわ』」

リオネスはソファーに腰かけ、ルシフェル嬢がアリエス嬢に出した手紙を読む。

この手紙は不利になるようなことは書かれていないがアリエス嬢のことだ。どのような悪事に利用し、ルシフェル嬢にどんな影響があるか分からないのでスフィア嬢が回収し、リオネスに渡したのだ。

「たったこれだけでルシフェルがお茶会を公爵家で開催するように提案してきたとアリエス様は思ったらしいですわ。面白い方ですわね」

「そうだな。俺たちには考えられない発想力だ」

……全てスフィア嬢の思い通り、か。

彼女が指示したのはルシフェルにリオネスが先ほど読んだような内容の手紙をアリエス嬢に出すということの一点のみ。

お茶会を無断で開催したのはアリエス嬢の独断。お茶会のことをリオネスに話したのはルシフェル嬢の独断。ルシフェル嬢からお茶会の話を聞いて同伴という形でお茶会に参加したのはリオネスの独断だ。

いったいどこまでが偶然で、どこまでが彼女の予測なのだろうか。

「最近、アリエス様はお茶会に呼ばれなくなったそうですわ」

「そうだろうな。彼女の言動は目に余るものが多かった。それでも前ラーク公爵に気に入られていたのと、ラーク公爵家の養女になることがほぼ確定していたから。そして気弱なスフィア嬢が彼女を制御できないのも明白だった。だから誰もが我慢を強いられる羽目になったのだ」

たとえ、自分の方が身分が上だろうと。たとえ今の段階でアリエス嬢の身分が男爵令嬢であろうと公爵家の養女になることが確定していたのならいつかは自分よりも上の地位になる。そんな人間と好き好んで仲違いしたいとは誰も思わない。

『いつか』を予測して動かなければ上級貴族だって簡単に踏み潰されてしまう。貴族社会とは魔の巣窟なのだから。そういう点で言えば、アリエス嬢は『いつか』を予測することができなかったのだろう。

自分が公爵家の人間にならない未来が来るなんて想像もできなかったから彼女は今、報復にあっているのだ。

「アリエス様は鬱憤《うっぷん》が溜まっていたでしょうね。なれると当然のように思っていた公爵令嬢という地位はアトリ様が逮捕されたことで怪しくなり、それでもと期待をしていたのに公爵位を継いだラーク女公爵はまるで別人のように変貌を遂げた。望んだ地位が手に入らないかもしれないという不安。簡単に離れていく人心」

リオネスはルシフェルの書いた手紙を見て妖艶に微笑《ほほえ》む。まるで悪魔が欲望を満たしたかのような美しい笑みだった。

「そこへ来たお茶会の提案。アリエス様はこう思ったでしょうね。『自分がラーク家の人間であるとみんなに知らしめる為にラーク家でお茶会をしよう』と」

「女公爵家の許可も得ず？」

「必要ないと考えたのでしょう。だって、自分が何をしようが自分の勝手だとそう思っていたのだから。そして今まではそれが罷《まか》り通っていた。アトリ様がそうさせていた。そのことに長年、彼女を見てきたラーク女公爵は気づいていらしたわ。だから利用した」

リオネスはマッチで火をつけ、ルシフェル嬢が書いた手紙を灰皿に入れてそこで燃やした。

「そして以前、アリエス様が私のことを女だてらに剣を振り回す野蛮人だと言ったことをルシフェルが怒っており、その仕返しを虎視眈々と狙っていたことも彼女は知っていましたわ」

「つまり、全てスフィア嬢の予測した通り。彼女の掌で踊らされていたと？」

「おそらくは」

もしそれが本当だとするとスフィア嬢は絶対に敵に回したくない相手だな。

それにしても俺の知っているスフィア嬢とは似ても似つかない。何が彼女をそこまで変えたのだろうか？　愚弟と従妹の裏切りにそれほどまでに傷ついたのか？　あれにそんな価値はないと思うが。

若しくはただ単に堪忍袋の緒が切れただけか？

普段大人しい人間ほど怒ると怖いというが、これはその言葉だけでは表現しづらいな。

「そうそう、アリエス嬢ですが周囲に味方がいないと気づくとエーベルハルトに必死に視線を送っていましたわ。きっと彼なら助けてくれると思ったのでしょうね」

「それは何とも的外れな男に助けを求めたな」

俺はリオネスと一緒に部屋に入ってきて、今は後ろで控えているエーベルハルトに視線を向ける。

俺の視線に気づいたエーベルハルトは「何か？」と優し気な笑みを浮かべて問うてくる。俺は首を左右に振って何でもないと答えた。

「エーベルハルトは優しいと令嬢方に評判でしたから。本人を知る者は絶対に彼に対して優しいなどと思いませんものね」

エーベルハルトは狂っている。

こいつにとって大事なのは自分の邸に囲っている幼馴染《おさななじ》みの女だけだ。それ以外がどこで生きようが死のうが奴は興味を示しはしない。

目の前で胸を掻《か》きむしりながら必死に助けを求めている人間がいても素通りするだろう。もしそいつが助けてもらおうと手を伸ばしてきたのなら「血で汚れるので触らないでください」と言ってその手を切り落とすぐらいは平然とする。

どこまでも他人に無関心でどこまでも冷酷な人間だ。何せ彼は愛する女を手に入れるためだけに国を一つ滅ぼしたのだから。

「虎の威を借る狐と言うけれど、虎が狐に威を貸したことなどないのに、狐は何を勘違いしたのでしょうね。仮に借りられたとしてもそれは結局、他人のもの。自分のものでない以上はいつか泡沫の夢のように消えてなくなってしまうのに」

傲慢《ごうまん》な狐はそのことに気づかなかった。見たくない世界には目を閉じた。知りたくない世界には耳を塞いだ。そして彼女は今日、自分の世界を虎により崩壊させられたのだ。

もうアリエス嬢にまとな縁談など来ないし、社交界への復帰も難しいだろう。今日、お茶会に参加した令嬢たちは親に、親は知り合いに話すだろう。お茶会で何があったかを。

礼儀と身分を重んじる社交界でアリエス嬢の行いは到底許されるものではない。彼女と関わって自分たちも同種なのだと思われたくはない連中はアリエス嬢を貴族社会から締め出すだろう。

「明日だったな、ワーグナーの謹慎が解かれるのは」

「ええ。殿下はこの事態にどう対処なさるつもりでしょうね」

あれには事態を悪化させることはできても好転させることはできないだろう。その能力が著しく欠けているのだから。

「愚弟が一人いなくなったところで王家に損害はない。損害がないのなら何の問題もない」

どのみちスフィア嬢に手をあげたワーグナーに未来はない。たとえスフィア嬢が許してもヴァイスが許さないだろうから。

「それはようございましたわ」

暗い話はここまでにして俺は仕事を片付け、最愛の妻であるリオネスとのお茶を楽しんだ。

XXIV. 狂気の愛情

「そう。アリエスに接触したのね。節操のない人たち」

ギルメールに頼んでヨネスト伯爵夫妻には見張りをつけていた。彼らは前の人生では私の名前を利用してアリエスを殺そうとした。でも今世ではアリエスを利用することにしたようだ。

私が操りにくいから私を殺してアリエスを女公爵にして陰から操ろうと考えているのだろう。ただ、アリエスを女公爵にするには私を殺す前に彼女を養女にすることと次の公爵にする趣旨の書類にサインさせなければならない。

次の公爵の任命権は現公爵にある。お父様にその権限がなかったのは公爵家直系ではなく中継ぎの公爵だったから。

前の人生でアリエスとワーグナー殿下に公爵家を乗っ取られたのは私が公爵家を継ぐことに積極的ではなく、何も主張しなかったからだ。

ただ、どのような手で公爵家を乗っ取ったとしてもアリエスもワーグナー殿下も公爵家を継ぐ器ではない。私の死後どうなったかは分からないけど没落は免れなかっただろう。

「女公爵様の周囲の警護を強化しましょう」

「いいえ、このままでいいわ」

「しかし」

ギルメールは絶対に強化するべきだと言うが、ある程度隙があった方が良いだろう。

「ご自身の命を囮《おとり》に使われるのですか？」

「被害が拡大する前に迅速に対応すべきでしょう。叔母様たちが私の命を狙っているようにラーク公爵家の一族は一枚岩ではないわ」

一枚岩のような立派な貴族なんて存在しないでしょうけど。貴族とはどこまでも欲深く、浅ましい生き物だ。

「だからと言って看過できません。もしものことがあったら。あなたは女性なんですよ」

あの人たちが前回と違って暴漢を雇って私を襲わせた場合、命が助かっても、たとえ何もなかったとしても傷物になったとして今後の縁談にも大きく影響されるし、一生嘲笑の的になるだろう。ギルメールはそのことも懸念しているのだ。

「ギルメールの心配は分かっているわ。それでも確実性を重要視したいの」

私が絶対に折れないと考えたギルメールは深いため息をついた後条件を出した。その条件がヴァイス殿下に相談することだった。これには驚いた。

身内に命を狙われているなんて外聞の悪い話だ。家の恥として外に広まらないように情報を遮断することが当たり前なのに無関係なヴァイス殿下に相談するなんてあり得ない。

それに彼は王子だ。王族を巻き込んで良いはずがない。彼にもしものことがあれば責任は当然巻き込んだラーク家にある。処分は免れないだろう。それが分からないギルメールではないのに。

私の反論になぜかギルメールは乾いた笑みを浮かべた。

「寧ろ黙っている方が危険ですよ」

「？」

私が首を傾げるとギルメールはどこか遠くを見る。その目は全てを見透かす司祭のようだった。いったいギルメールとヴァイス殿下の間に何があったんだろう。気になるけど知らない方が良い気がする。

◇◇◇

ということで、ギルメールに急かされるようにヴァイス殿下に相談したいことがあるので時間を作って欲しいという趣旨の手紙を書いたらなぜかヴァイス殿下が飛んできた。それもご機嫌な様子で。

何かいいことがあったのだろうか。

「スフィアから手紙を貰えるなんてとても嬉しいよ」

ち、近い。

ヴァイス殿下はなぜか正面ではなく私の真横に座って、さっきから私の髪を指に絡めて遊んでいる。

髪を触る癖でもあるのかしら。だったら自分の髪を触ればいいのにどうして私の髪？

「しかも相談事があるんだって。頼って貰えるなんて光栄だ」

ちらりと使用人たちに目を向けるがみんな見て見ぬふり。それどころか給仕を終えると仕事は終わったとばかりにみんなそそくさと部屋を出ていく。

まさかのヴァイス殿下と二人きり。いや、これから話す内容は外部に漏れたら困るし、人払いはしないといけなかったからちょうどいいんだけど。何か、みんな勘違いしてない？

「それで、スフィア。君を煩《わずら》わせる不届き者はどいつかな？　何でも言って。君を悩ますものなんて全て排除しよう」

「……」

「二度と君の笑顔を曇《くも》らせることのないように」

笑っているのに背筋が凍るほど怖い。ヴァイス殿下から黒い靄《もや》が出ているような錯覚がする。

ヴァイス殿下の手が髪から私の頬に移る。冷たい彼の手が私の頬を撫でる。撫でられたところから体温が奪われるみたいに寒くなる。

「スフィア、話して」

「っ」

話したらマズいかもと思ったけど気が付けば私はヨネスト伯爵夫妻のことを話していた。全部話し終わった後、部屋の温度が急激に下がった気がした。もちろん、物理的に下がっているわけではないので私の錯覚に過ぎないのだが。

「ふぅん、そうか。今世でも。そうか、そうか。馬鹿は死んでも治らないって本当だな。次はどうやって殺してやろうか」

「ヴァ、ヴァイス殿下？」

ぶつぶつと何かを呟くヴァイス殿下の背後から出る黒い靄が徐々に濃くなっている気がする。

「ヴァ、ヴァ、ヴァ、ヴァ、ヴァ、ヴァ、ヴァ、ヴァイス殿下っ!!」

ヴァイス殿下はにっこりと笑った後、私を抱きしめた。

分厚い胸板。爽やかなシトラスの匂い。

「△■×●◇※△■×●◇※」

顔が熱い。今、誰にも顔を見せられない。絶対に赤くなってる。

「何も心配する必要はない。俺が守るから。あなたを害そうとする者、あなたを煩わす者、全て俺が排除しよう」

「……ヴァイス、殿下」

私は顔を上げてヴァイス殿下を見る。うっすらと笑った彼の目には深淵《しんえん》があった。光が一切届かない深淵は何もかも、ヴァイス殿下本人さえも呑み込んでしまいそうなほど深いように思えた。

「愛してる、スフィア。君だけを永遠に愛してる」

ヴァイス殿下の冷たい唇が私の唇に触れた。触れるだけの優しいキスだった。私が彼のキスから逃げないのを確認するとそのキスは徐々に深くなっていく。

呼吸を奪うような激しいキスに私はどうしたらいいか分からず、縋るように彼の服を摑む。

「っ、ヴァ、イ、ス、殿、下」

気が付いたら私はソファーの上に押し倒されていた。私を見下ろすヴァイス殿下は涙を流してはいないのに泣いているように見えた。

何が彼をそんなに追い詰めているのだろうか。

彼の頬に触れる為に伸ばした手をヴァイス殿下は摑んで、頬ずりする。

「俺から君を奪うものなんて全て滅んでしまえばいいのに」

「どうして、そこまで」

私にそこまでの価値なんてないのに。

「愛している、スフィア。俺の唯一。もう二度と誰にも君を奪わせない」

それはまるで慟哭《どうこく》のようだった。

今にも壊れそうな彼を拒むことは私にはできなかった。

XXV. 見過ごされた命

side. ギルメール

スフィアお嬢様は変わられた。

公爵家、唯一の直系で跡継ぎ。

けれど自ら何かをしようとする積極性も、あの木偶《でく》の坊たちをどうにかしようとする気概もなかった。このまま公爵家は終わるのかと諦念が支配した。

だがある日、スフィアお嬢様は変わられた。まるで別人にでもなったかのように。

どういう風の吹き回しかと思った。

すぐに元に戻られても困る為、暫くは静観をすることにしたがあの方はアトリの罪を暴き、公爵位まで奪い返した。

本当に変わられたのだと思った。

ワーグナー殿下との婚約破棄がいい薬になったのかもしれない。

ただ懸念材料はまだ残っている。残っている中で一つ増えた。一番厄介な材料だ。

ヴァイス・ヴィスナー第二王子。蛇の獣人で、側妃様の子ではあるが優秀な為、支持率は高い。諸外国を放浪しており謎の多い王子だったのにどういうわけか急に帰ってきてスフィアお嬢様に付き纏い始めた。

しかも、スフィアお嬢様は気づいておられないが常に二人以上の人間が彼女についている。恐らくヴァイス殿下の手の者だろう。

なぜそこまで執着する？　スフィアお嬢様をどうされるつもりだろう。

ただの執事がそんな無礼な質問を王子殿下に対して投げかけるわけにもいかず、ヴァイス殿下がスフィアお嬢様に対して不埒《ふらち》な真似をしないか見張ることしかできなかった。

そんなある日、ヴァイス殿下が動いた。お嬢様に対してではなく、私に対して。

「ギルメール・レドフォード。先々代ラーク公爵の執事」

どうやって忍び込んだのか、夜、自室で仕事をしていると背後からヴァイス殿下の声がした。しかし、振り向くことはできない。なぜなら首元に猛毒を持った蛇が巻き付いていたからだ。

蛇は舌を出し入れしながらこちらをじっと凝視していた。少しでも妙な動きをすれば毒の牙で私の喉元に食らいつくぞとその目が言っているようだった。

蛇の獣人であるヴァイス殿下の特技の一つが蛇を操ることだった。私の首に巻き付いている蛇はヴァイス殿下の命令に従って行動している。私の命は今、ヴァイス殿下に握られているのだ。

ごくりと唾を飲みこみながら私は慎重に言葉を紡ぐ。

「ヴァイス殿下、紳士が訪ねるには遅い時間かと思いますが」

「俺のスフィアと長い時間を過ごしているお前と話がしたくてな」

悪びれもせずにそう言い放ったヴァイス殿下はズカズカと私の前に来て、ソファーにどかりと座る。

殿下は遠慮という言葉を知らないのかと文句を言いたかったが、首に巻き付く蛇がそれを許さない。

蛇はするりと味見でもするかのように私の頬を撫でる。生きた心地がしない。

「可愛いだろ。俺の命令なら何でも聞いてくれるんだ」

それは返答如何ではすぐにでも私の命を取れるという脅しのつもりか。

舐められたものだ。自らの命惜しさに私がラーク家を売ると思っているのか。

「ご用件はなんでしょう？　王子殿下も色々とお忙しい身でしょう。私も見ての通り仕事がまだ片付いていないので時間を無駄にしたくはありません。その為、時間短縮をさせていただきます」

私は今日、死ぬかもしれないな。

「私はラーク公爵家の執事です。その為、王子殿下の要求がラーク公爵家に対して害悪となると判断できるものなら従うことはできません。たとえ、私がここで死ぬことになってもです。殿下、私に脅しは効きませんよ」

私の首に巻き付いた蛇は牙を収めはしたが、私を殺さないと決めたわけではない。殺し方を変えただけだ。

ぐるぐる、ぐるぐると蛇は上に這うように私の首に巻き付き、徐々に体を捻っていく。私を絞め殺す気のようだ。喉が圧迫され、呼吸がしづらくなる。それでも蛇の力は弱まりはしない。

私が苦しんでいる姿をヴァイス殿下はただ凝視した。

「見上げた根性だな。敬愛する先々代公爵の為に命すらも惜しくはないか」

薄《うっす》らと笑う彼の目には憎悪があった。

会話らしい会話をしたことがないのに、どうして自分はそこまで彼に恨まれているのだろうか。憎悪と嫌悪。それは確かに自分に向けられているものだが同時に彼自身にも向けられているような気がした。

彼は本当のところ私を殺すつもりがなかったのか、或いは土壇場で踏み止まったのかは分からない。私の首を絞めていた蛇は急にその力を緩め、彼の元へ戻っていった。

私は急に呼吸が楽になったことにより一気に酸素が体の中に入ってきて咳き込んだ。咳き込む私を彼は凝視していた。

「敬愛する主の為ならば他者の命すらもゴミ屑同然のように捨てられる。お前にとって以前のスフィアはゴミ屑同然の価値しかなかったのだろうな」

以前の女公爵様というのは先代公爵とアリエス様の言うことを黙って聞き、何においても消極的だった時のことを言っているのだろうか？

「どんなに愛着があっても壊れてしまえばただのゴミだ。ゴミを屑籠に入れることに抵抗する人間はいない。お前にとってスフィアを見殺しにすることはそれと同じ作業でしかない」

女公爵様を見殺し？

彼の言うことは意味が分からなかった。

「俺の最愛を屑籠に捨てた罪は重い。だが、あの時の俺も似たようなものだ。自分の心に嘘をつき、現実から目を背けた。その結果、愛する人を失ったのだから何とも情けない話だ。俺も同罪だからこれ以上とやかく言うつもりはない。俺自身にその資格もないからな。だが二度めを許すつもりはない。もし、またお前がスフィアの命を見捨てるようなことがあれば容赦はしない」

◇◇◇

ヴァイス殿下が言っている内容は理解しがたいものだった。

彼が去った後、私は残っていた仕事を明日に回して早々にベッドに入ることにした。

彼の言ったことが気になって寝付きは悪かったが気疲れのせいか知らない間に眠っていた。

夢を見た。

スフィア様が変わることなく消極的で、アリエス様を公爵家の養女にしてしまう書類にサインをした。

アリエス様とアトリ様、そしてワーグナー殿下はやりたい放題。スフィア様は彼らに何を言われようと何をされようと黙って耐えていた。

夢の中の彼女は現実の彼女と同じようにワーグナー殿下に婚約破棄をされる。ただ一つ違うのはヴァイス殿下はおらず、スフィア様は他家に嫁に出されたこと。

彼女が他家に嫁に行ってから会うことはなかった。次に私が彼女に再会したのは彼女の葬儀だった。

棺《ひつぎ》に眠る彼女の体にはおびただしい程の痣があり、彼女自身あり得ないぐらいやせ細っていた。

絶望に彩られた彼女の死に顔が私を、私たちを責めているように見えた。

XXVI. 誤算

side. ワーグナー

「な、んだと?」

今日、謹慎が明けた。

あんなつまらない女のせいで俺は父上から謹慎処分を受けていた。そもそも俺の婚約者があんなつまらない女だったのがおかしい。いくら公爵令嬢でも俺には釣り合わない。

それなら見た目が良く、性格も良い、俺に相応しい女を選んで俺と釣り合うように身分を与えてやればいいと思っていた。

その点、アリエスは好条件だった。

見た目も性格も良く、スフィアと違って当主代理との関係も良好。欠点は身分が低すぎることだ。

だが問題はない。当主代理はアリエスを公爵家の養女にすると言っていた。

それにスフィアは公爵令嬢だが当主代理との仲は悪い。なら彼女と結婚しても得られる利益は無いに等しい。だからスフィアと婚約破棄してアリエスと婚約したのに……。

「公爵令嬢になれないとはどういうことだ、アリエス」

謹慎が明けてすぐアリエスは俺に会いにきてくれた。そこで彼女は涙ながらに自分の身分が未だ男爵令嬢のままであることを語る。しかも彼女の両親が公爵家に負わせた借金の返済まで求められていると。

とんだ誤算だ。

「お姉様が、女公爵になって、きっと私とワーグナー殿下が婚約したのを恨んでいるんですわ。ワーグナー殿下に婚約破棄されたのは、お姉様の、せいなのに。私が、ワーグナー殿下を寝取ったと、お、お友達も、その話を信じて、みんな離れていってしまいました」

つっかえながらアリエスは俺が謹慎中にあった出来事を全部話してくれた。

「スフィアが、女公爵、本当なのか？」

「はい」

やり方を間違えた？

スフィアを正妻にしてアリエスを愛人にするべきだったか？

俺が心から愛しているのはアリエスだ。跡継ぎはアリエスとの間に子をもうけ、それをスフィアに育てさせるべきだったか？

いや、しかし、あんな女をお飾りとは言え王子である俺の妻としておくなどあり得ない。

「スフィアに会いに行ってくる」

「はい。ワーグナー殿下、どうかお姉様を説得してください」

当たり前だ。この俺が、俺の選んだ女が男爵令嬢などあり得ない。何としてでも公爵家の一員に名を連ねてもらわなければ。

「くそっ」

湧き上がる苛立ちを胸に俺は足早に公爵家へ向かった。

「さっさとスフィアを呼んでこいっ！」

公爵家の玄関ホールで俺は使用人に命じた。使用人は戸惑いながらも俺を応接室に案内して早々に部屋を出ていった。すぐにスフィアが来ると思っていた。

だが、待てど暮らせどスフィアは来ない。イライラしながら待っていると、紅茶のお代わりが三杯目に突入した頃になってようやくやってきた。

「スフィア、女公爵になったからといって調子に乗り過ぎだ。王子である俺を待たせるなど許されるべきことではない」

「……先ぶれの手紙がなかったものですぐに対応できませんでした。ご無礼お許しください」

許せというわりには頭を下げようともしない。どうやら本当に調子に乗っているようだ。自分の立場というものを分からせる必要があるようだな。

「この程度のことも対処できないとは嘆かわしいことだな。女公爵など貴様には過ぎたものということだ。身の程を弁えてすぐに爵位を返すべきだと思うが」

「公爵相手に先ぶれを出さずに来る者はおりません。身分が高いものほど礼節を重んじる故、尚更です」

スフィアのくせに俺に口答えするのか。

ダンッと怒りに任せてテーブルを殴ったがスフィアは静かに俺を見つめるだけ。普段のこいつなら俺に口答えなんてしないし、声を荒らげれば馬鹿みたいに怯えて言うことを聞いていた。

「それと殿下、私の名前を呼ぶのはお止めください。もう私はあなたの婚約者ではありませんので」

「俺に命令するのか」

額に浮き上がる血管が今にもはち切れそうだ。

「婚約者でもない相手の名前を呼ぶのはあらぬ誤解を招くことになります。殿下の新しい婚約者であるアリエスに変な誤解を与え、悲しませるのは殿下も本意ではないでしょう」

まるでアリエスのことを気遣っているような言い方をする。俺に自分は優しい人間だとアピールしているつもりか。浅ましいな。お前がアリエスにどのような仕打ちをしているのか全てアリエス本人から聞いている。

お前のような愚図《ぐず》に騙される俺ではないのだ。

「俺が何も知らないと思っているのか？　全てアリエスから聞いているぞ。お前がアリエスを公爵家の養女にしないことと、借金の返済を迫っていること」

「それが何だと言うのですか？」

開き直りやがった。

「借りたものは返す。平民の子供でも知っている常識ですが」

「アリエスが借りたわけじゃない」

金を借りたのも、こんな悪辣な女のいる家に金を借りるなんて愚かな真似をしたのも全部アリエスの両親である男爵夫妻だ。親の罪が子供に関係ないのと同じだ。アリエスが背負うべきことではない。

「アリエスの食費、彼女の持っているドレスや装飾品は全て男爵夫妻がラーク家から借りたお金で賄っていました。それでも返す必要はないと？」

貴族のくせに金にがめつい女だな。女公爵とはいえ所詮はスフィア。程度が知れている。

「そもそも男爵家が困窮した原因の一つにアリエスの散財があります。彼女には十分返済義務があると思います」

「しかしアリエスには」

「ええ、今の彼女には無理です。その場合は婚約者が肩代わりする方法もありますわ」

そう言ってスフィアは男爵家がラーク家に借りた金の借用書の写しを見せてきた。そこに書かれた金額は領地十年分の年収に相当する。

こんな金額払えるわけない。

王子には国から与えられた予算があるが第三王子である俺に与えられる予算は少ない。またその中から公務で着る衣装なども誂《あつら》えたりするので俺の手元に残る金は微々たるものだ。

「公爵家の養女にすればこの問題は解決するはずだ」

「解決にはなりません。ただの踏み倒しです。それとアリエスを養女にすることはありません。その必要もありませんし」

「あるだろ！　それでも女公爵かっ！　公爵家の跡継ぎはどうするつもりだ。俺と婚約破棄をしたお前にまともな縁談なんぞ来んぞ」

「それこそあなたには関係のない話ですね。あなたに何を言われようとアリエスを養女にするつもりはありません。仮に跡継ぎに困ったとしても養子には分家筆頭から選びます。分家の中でも底辺、それも没落した家から選ぶことはありません。それと跡継ぎ問題に対して王家は不介入が鉄則です。第三王子殿下であるのなら知っていると思ったのですが？」

関係ないだと？

俺はアリエスの婚約者だぞ。こいつの従妹の婚約者である俺には関係ないはずがない。そうか、やはりこいつは嫉妬しているんだな。俺がアリエスを選んだから。だったら素直にそう言えばいいものを本当に可愛げがない。

こいつが素直にさえなれば愛妾にぐらいしてやるのに。地味でつまらない女だがそこそこ良い体はしているからな。それだけ見れば王子である俺の愛妾に相応しい。

「俺はアリエスの婚約者だ。無関係ではない」

「いいえ、無関係です。アリエスは確かに私の従妹でありますが、ラーク公爵家の人間ではありません。彼女には当然ですが継承権はありません。彼女が継げるのはご実家のヘルディン男爵家だけです」

は？

おかしいだろ。俺は王族だぞ。その俺の婿入り先が男爵家？　あり得ない。王にならない王族の降下先は上位貴族と決まっている。男爵家などあり得ない。常識だろ。そんなこと。そんなことも分からないのか。

「男爵令嬢であるアリエスを選んだのは他ならぬあなたです。身分よりも愛を選んだ。素敵な話ですね。物語にしたいくらいですわ」

「っ」

冗談じゃないっ！

「俺は王子だっ！　男爵になるなんて真っ平だ。あいつが公爵家の養女になるから選んでやったのに。こんなのは俺の人生計画にはない。今すぐ婚約破棄だ。喜べ、スフィア。俺がお前の婚約者に再度なってやる。だから今すぐ公爵位を寄こ、ひっ」

ひんやりとした何かが首に巻き付いた。

視線だけを動かすと蛇が首に巻き付き「シャーッ」と俺を威嚇している。

「な、何で、蛇、が」

驚く俺の後ろから気配もなくヴァイスが現れた。

「なぁ、ワーグナー。愚弟よ、お前が今言ったことをもう一度言ってみてくれないか？」

「あ、あ、ヴァ、ヴァイス。何で、お前がここに？」

スフィアの差し金か？

いや、スフィアも驚いている。ということは、彼女は関与していない。ならどうしてヴァイスがここにいる？

「お、お前、側妃の子の分際で、せ、正妃の子である俺に手を出していいと思っているのか？」

「きっと陛下も王妃陛下もお喜びになるだろう。王家の問題児が片付いたと」

「な、何だと」

「それよりも、なぁ、もう一度言ってみてくれないか？　さっき、お前は俺のスフィアに何を要求した？」

「俺の、スフィア？」

「そう、俺のスフィアだ」と言ってヴァイスは戸惑うスフィアの横に行き、何の躊躇いもなく彼女の腰を抱いた。

「ヴァ、ヴァイス殿下っ！」

顔を真っ赤に染めるスフィアにヴァイスは顔を近づけ「可愛いね」と囁く。するとスフィアは赤い顔を更に赤くした。スフィアのこんな顔を見るのは初めてだった。ずっと俺の婚約者だったのに、いつも俯いてばかり。陰気な顔しか見せなかったのに。

そうか。俺が第三王子で、ヴァイスが第二王子だからか。何て悪辣な奴だ。

「お前、婚約者の俺がいながらヴァイスと関係を持っていたのかっ！　うわっ」

更に多くの蛇が現れて俺の体に巻き付いてきた。足元、太腿《ふともも》や肩に蛇が乗ってきて「シャアっ、シャアっ」と威嚇をする。更に首に巻き付いていた蛇がぐるりと体をもう一周させて俺の目元に顔を持ってくる。首を絞めるそのひんやりとした体がまるで刃物を突きつけているみたいで自然と息が止まりかけた。

どくどくと心臓がうるさい。呼吸をするだけでも慎重にならなければならないほどの緊張感が俺を支配する。

まるで俺よりも格下の連中に怯えているみたいで気に食わなかった。だから殺されるかもしれないという恐怖を無理やり押さえつけてヴァイスとスフィアを睨む。

俺はこの国の第三王子で、正妃の子。ヴィトセルク兄上さえいなければ王太子になれていた男だ。この程度で怯んだりはしないのだ。

「お前の婚約者はアリエス・ヘルディン男爵令嬢だろう。フリーになった彼女を俺が口説いても何も問題はないはずだ。それと彼女の名誉の為に言っておくが諸外国を渡り歩いていた俺が彼女と浮気をするなんて不可能だ。お前の婚約者だった時の彼女は不貞など働いていない。不貞を働いた馬鹿はお前だけだ」

「俺は真実の愛を見つけただけだ」

〝不貞〟なんて不名誉なことを言われる筋合いはない。そもそもスフィアは王子である俺の婚約者に初めから相応しくはなかったのだ。

王子である俺が俺に相応しい相手を選んでなぜ、それを非難されなければならない。

非難されるべきは王子である俺の婚約者に相応しくなれなかったスフィアの方だろう。スフィアの奴、自分のことを棚に上げてどうしてこうも強気に出られるんだ。たかが、ヴァイスを味方につけただけで。

それにきっとスフィアのことだ。体を使ってヴァイスを誘惑したに違いない。無垢なアリエスの従姉だとは思えない汚らわしさだ。そんなスフィアに騙《だま》されるヴァイスもヴァイスだ。

いくら父上の血を引いていて、俺と同じ王子でも所詮は側妃の子ということか。

それにヴァイスは放浪から帰ってすぐに騎士団長職に就いたらしいが、王族の権力を使わないと要職にも就けないなんて嘆《なげ》かわしい。

ヴァイスには騎士団長になる実力があり、多くの騎士に望まれてなったと馬鹿なことを言っている奴らもいたが、そんなのはヴァイスが自分の面子を保つために流した噂に過ぎない。俺は騙されない。

「はっ。何が真実の愛だ。公爵になれないと分かった途端にスフィアに乗り換えようとしたくせに。随分と都合の良い愛だな」

「黙れ、ヴァイス。側妃の子であるお前が俺に口答えするなど許さぬぞ。立場を弁えろ。そ、それにスフィアは元々俺の婚約者だったろうが。どう扱おうが俺の勝手だ」

スフィアにもヴァイスにも身の程を弁えさせてやる。

「言葉に気をつけろよ下種《げす》」

「ヒィッ」

ヴァイスから体を貫くような鋭い殺気が飛ばされた。

「ぎゃっ」

体に巻き付いた蛇が俺を噛み始める。毒蛇じゃないだろうな。野蛮な獣人風情が俺の体に傷をつけるなんて。

「安心しろ。毒蛇ではない。だが、言葉が過ぎればそれもあり得る。十分に気をつけて生活することだな」

「お、俺を脅すのか。お、俺は」

「両陛下には許可を貰っている」

「何だと」

「信じられないのなら確認しに帰ったらどうだ」

あり得ない。父上と母上が俺を見捨てたとでも？

正妃の子は確かに俺だけではない。ヴィトセルク兄上がいる。でも、もしヴィトセルク兄上に何かあれば正妃の子は俺だけになるんだぞ。生まれた順に関わらず継承順位は正妃の子が優先のはずだ。

まさか俺を排除してこんな野蛮な獣人の継承順位を繰り上げたりしないよな。

「ぎゃあっ」

蛇が俺の大事なところに噛みついた。

立ち上がり、噛みついてきた蛇を一生懸命振り払おうとする俺をヴァイスは声を上げて笑った。

「ほら、蛇共がさっさと帰れと促《うなが》しているぞ。ここに留まってご自慢の生殖機能を失うのも一興だが、嫌ならさっさと帰ることだ」

「っ」

よくも俺にこんな真似を。父上と母上に言いつけてやる。ヴァイスだけじゃない。スフィアにも思い知らせてやる。

「お、覚えてろよ、ぎゃあっ」

帰ろうとした俺の足に蛇が纏わりついてきたので前のめりになり、顔面ごと床に激突した。

「く、くそっ」

足に絡みつく蛇をヴァイスに投げつけて俺はなんとか馬車に乗り込む。その間、背後ではずっとヴァイスの笑い声が聞こえていた。

「殺してやる。おい、早く王宮に向かえっ！　このノロマ」

「は、はいっ」

愚鈍な御者を急かして王宮に帰った俺はすぐに父上の執務室に向かったが中に入ろうとした瞬間、執務室を守っている騎士に止められた。

「陛下の確認が取れるまでお待ちください」

「ふざけるなっ！　貴様は俺が誰か分からないのか」

「存じ上げております、ワーグナー殿下」

なら確認の必要などないではないか。息子が父親に会いにきたというだけなのになぜ許可が必要なんだ。

「ではさっさと通せっ！　重要な報告があるんだ」

「ではその報告を先にお伺いします」

「おい、ふざけているのか。いくら寛容な俺でもこれ以上の無礼を見過ごしはしないぞ。どうして一介の騎士如きに言わねばならんのだ」

「陛下は今、執務をしておられます。その為、我々騎士か陛下の補佐官が先に内容を確認し、重要度を判断する規則になっております」

「お前たちに重要度の判断なんぞできるわけがないだろ」

馬鹿と話すと本当に疲れる。己が馬鹿であることを自覚して大人しくしていればいいものを、馬鹿な奴ほどでしゃばる。

「先ほどから何を騒いでおる」

「父上」

騎士がモタモタしているから執務室から父上が出てきた。全く、父上の腰を上げさせるなんて、なんて使えない部下なんだ。でも、都合がいい。これでやっと話ができる。

「実は報告があるんです」

「なんだ？」

えっ、ここで話すのか？　できれば執務室に入れてほしかったのだが。父上を見るが動く気配がない。仕方がない。報告の方が重要だ。

俺は先ほどのヴァイスの行いとスフィアのふしだらな行いを陛下に報告した。

報告を終えて陛下を見ると顔を真っ赤にして、額にはいくつもの青筋が立っていた。握りしめられた拳はプルプルと震えている。

さすがの父上も怒りを隠せないようだ。それもそうだろう。この俺ですら許せないと思ったのだから。

「父上、あの二人を罰してください。分相応というものを教えてやるべきです。でなければ、どんどんつけ上がって、いずれは手に負えなくなります」

「馬鹿もんがぁっ‼」

「っ」

鼓膜が割れるほどの声量に耳がキンキンと痛む。

「あれだけのことをしてまだ足りぬかっ！　少し前まで婚約者であったスフィア殿をあとどれだけ貶めれば気が済むっ！　ヴァイスにしてもそうだっ。自分が正妃の息子であることに敬意を払えというのならまず貴様が他者に敬意を払うことを覚えろっ！」

「なっ」

父上は気でも触れたのか？　それか執務で疲れて、頭が回っていないのか？　気ばかりが急いて陛下の状態まで気遣えなかったのはミスったな。今はきっと正常な判断ができないのだ。

時間が経って、冷静になれば俺の言ったことを理解して正しい制裁をあの二人に下してくれるはずだ。

「これ以上、王家の名に泥を塗るような真似はするな。部屋に行って反省でもしてろ」

王家の名に泥を塗っているのは俺ではなくヴァイスなのだが、反論は止めておこう。今の父上は気が立っておられる。ここは出直した方が良さそうだ。

それに王子というだけで騎士団長になれたヴァイスと違って俺は忙しいからな。

なんとしてでもアリエスの養女先を探してやらねば。この俺が男爵家に婿入りなどあり得ない。スフィアがアリエスを公爵家の養女にしないのならアリエスを養女にする家を探せばいい。俺の婚約者だ。階級は伯爵以上が妥当だろう。

そう思って幾つか心当たりのある家に打診することにした。

全く。スフィアがしっかりと道理を弁えていれば俺がこんな苦労を背負い込むこともなかったのに。あの女は手間ばかりかけさせる。

某公爵家

「ははははは。殿下もご冗談が過ぎますなぁ。アリエス嬢を養女にしろなど。私には優秀な息子がおりますし、昨年には孫も生まれました。我が家は安泰ですぞ。他家から養女を取らなくても跡継ぎにはなんら問題ありません」

（訳）自分の跡継ぎは優秀な為、問題のあるアリエス嬢をわざわざ引き取って今から自分の跡継ぎとして育てるなど時間の無駄。

某侯爵家

「殿下、アリエス嬢とのご婚約おめでとうございます。まさか殿下が男爵家に婿入りされるとは思いませんでした。身分よりも愛を取るとは素晴らしい純愛ですね」

（訳）公爵家の養女になるという噂だけを信じて勝手に王の決めた婚約を破棄しておいて今更何を言っているんだ。大人しく男爵家に収まっとけよ。

某侯爵家
「申し訳ありませんが私では手に余るお話ですな。殿下に声をかけていただいたのはとても光栄なことですが、私は分を弁えております故折角のお申し出ですが遠慮させていただきます」
(訳)自分ではアリエス嬢を制御できない。その為に起こってしまった出来事に対して責任を負う羽目になるのは嫌だ。自分で何とかしろ。

「どいつもこいつも使えない」

まるでアリエスが悪い。アリエスに問題があるみたいな言い方をする。問題があるのはアリエスではない。スフィアだろ。

スフィアさえアリエスを受け入れていれば、スフィアさえアリエスの借金を帳消しにしていれば済むはずなのにあの業突く張りが。

イライラしながら王宮の回廊を歩いていると前からエーベルハルトがやってきた。

アイツの階級は伯爵だったな。

アイツに養女に取らせた場合、婿入りした俺の身分は伯爵になる。王子である俺に相応しくはないがこの際だ。背に腹は代えられん。身分など後で父上にお願いすればどうにでもなるだろう。

エーベルハルトは父上の信頼も篤《あつ》いしな。

「エーベルハルト、お前確か跡継ぎはまだいなかったよな」

「はい、殿下」

「ならちょうどいい。アリエスを養女にしろ」

エーベルハルトは伯爵家出身とされているが、実際は出自不確かな卑しい存在。これは一部の貴族の間で囁かれていること。そんな奴に生まれも育ちも貴族のアリエスが養女になり、更には高貴な身分である俺が婿入りをしてやるんだ。

奴の生まれを考えるとあり得ない幸運だな。きっと泣いて喜ぶに違いない。そう確信していたのにエーベルハルトは笑顔で「それは出来かねます」と宣《のたま》った。

俺は顔を引き攣《つ》らせてエーベルハルトを見る。

落ち着け。きっとこいつは俺の言った意味が分かっていないのだ。いくら取り繕おうと所詮は偽物の貴族。

そんな人間を重宝するなんて兄上も父上もどうかしている。やはり、王家の中では俺が一番しっかりしているな。そうなると、次期国王は兄上ではなく俺の方が相応しいのではないか。

まぁ、兄上も実力で王太子に選ばれたわけではない。所詮、長兄という生まれた順番がただ早いというだけで今の地位にいる人だしな。

アリエスを妻にしたらそこら辺の整理もしっかりとしないと。全く、兄上も父上も、スフィアだってそうだ。どうしてこう俺の周りは馬鹿ばかりなのだろう。おかげで有能な俺が苦労する羽目になる。

少しは俺の身になってほしいものだ。

手始めにこいつだな。この偽物にはどれだけの幸運が舞い込んだか教えてやらねば。はぁ、次期国王になる俺は下々の者に寛大さも見せないといけないから仕方がない。

「エーベルハルト、どうして出来ないんだ？　何か問題があるのか？　跡継ぎはいないのだろう」

「確かに私に跡継ぎはまだいません。今はまだ愛しい人との二人きりの時間を楽しみたいからです。殿下と言えど、邪魔をすることは許しません」

「は？」

許さない？　こいつは俺に許さないと言ったのか？　王子であるこの俺に？　たかが伯爵の分際で？　本当に伯爵家の血を引いているかも分からないこいつが？

しかも……。

「お前、婚約者がいたのか？」

こんな偽物に相手がいるなんてあり得ない。どんな物好きだ。

「妻です」

そんな話は初耳だ。こいつ滅多《めった》に社交界には出ない。どうしてもの時は一人で参加していた。それにこいつにアプローチしている令嬢も多い。

それにこいつは出自不明だ。ああ、そういうことか。分かったぞ。こいつの妻は平民ということだ。誰もこいつが結婚していることを知らないのも、こいつの妻が社交界に出ないのも全部、辻褄《つじつま》が合う。

自分の恥《はじ》を上塗りするような存在、表に出せるわけないものな。納得していると、ふとあることに気づいた。

ということはだ、こいつはたかが平民の女の為に俺の申し出を断ったということか。

はぁ？　ふざけてんのか。いくら俺が寛大な男でも限界があるぞ。自分の立場というものを分からせてやる。

「子供はいないんじゃなくてできないんじゃないのか？」

平民の女なんてどんな病を持っているか分かったもんじゃない。

「跡継ぎも作れない無能な女に義理立てをするよりも王子である俺の役に立つ方がはるかに」

病持ちの平民を選んだがために自分には既にあとがないのだと気づけよ。

「私の妻を侮辱《ぶじょく》なさるのですか」

何だ。

エーベルハルトはいつもと同じ笑顔を浮かべているのに、俺は全身から冷や汗が止まらない。

一歩、また一歩とエーベルハルトが近づいてくる。

逃げろと本能が何度も警告を出しているのに足はまるで縫い付けられたかのように動けない。

「エーベルハルト」

その手が俺に触れる直前、ヴィトセルク兄上がエーベルハルトを呼ぶ声が聞こえた。

「エーベルハルト、お前の獲物ではない」

兄上が何を言っているのか理解できなかった。

ただエーベルハルトの視線と兄上の視線が交わる。それは短い時間ではあったが俺にはとても長く感じた。握り締めた手は汗をかき、重苦しい空気で呼吸も上手くできなかった。

エーベルハルトは兄上から視線を逸らして行ってしまった。再び俺を見ることはなかった。まるでそこに俺がいることを忘れているみたいに、お前なんぞ視界にも入らないと言われているみたいだった。

たかが伯爵の分際でとは思ったけど、口にすることはできなかった。

「無知とは無敵の代名詞だな。エーベルハルトの逆鱗《げきりん》に触れるなんて俺だって避けて通りたいのに」

「何言っているんですか、兄上は王太子でしょう、たかが伯爵風情に」

「だからお前は無知だと言うんだ。階級なんぞ服と同じだ。その人間の人となりを語るには足りなさすぎる。それとエーベルハルトの奥方が公の場に姿を見せないのは出自の問題じゃない。エーベルハルトのただの我儘だ。愛しい奥方を自分以外の人間の目に晒《さら》したくないというな」

XXVII. 地獄はもぬけの殻、全ての悪魔は地上にいる

ワーグナー殿下はアリエスの受け入れ先を探しているようだ。

案の定、難航している。

アリエスを養女にしたところでメリットがないどころかデメリットだ。

彼女は何れ公爵家の養女になるという思いから身分が上の者であろうと無礼に振る舞い続けた。

身分階級を理解していない令嬢などを家に入れれば連座は免《まぬか》れない。

それにアリエスの家は既に没落している上にラーク家に借金までしている。

お金はあっても、それをドブに捨てることを厭《いと》うのが貴族というもの。アリエスが我が家に負った借金を返そうと思う物好きはいない。

唯一のメリットは王族と関係を持てるところかもしれないということだけど、それも相手がワーグナー殿下とあってはそれすらもデメリットとなる。

「お姉様、ワーグナー殿下がね、私の為に養女にしてくれる家を探してくださっているのよ。ワーグ

ナー殿下って本当に優しい人よね」

執務室で私はギルメールに教わりながら領地経営の仕事をしていた。そこへなぜかアリエスが押しかけて、客人用のソファーに腰かけて勝手に話し始めた。

「もちろん、ワーグナー殿下の元婚約者のお姉様はそんなことご存知よね」

マウントを取りにきたつもりなのだろう。

私はワーグナー殿下に優しくしてもらったことなんてない。それは私たち二人を近くで見続けたアリエスが一番よく知っていることだった。それを分かった上でアリエスは私に話を振る。

彼女の口角は終始上がっていた。

私に対して優越感を抱いているのがよく分かる。

「お姉様が私を養女にしてくださらないからワーグナー殿下にご迷惑がかかっているのよ。ちゃんと自覚してよね」

ワーグナー殿下はアリエスの為というよりも自分が男爵になるのが嫌なだけだと思う。

自分の子供を差し置いて他人の子を跡継ぎにしたがる家なんてまずない。ワーグナー殿下の努力は徒労に終わるだろう。

「そのお優しいワーグナー殿下はあなたの借金を返すことはしてくれなかったのね」

「そ、それは」

アリエスは言葉に詰まり、俯く。

「私はあなたが誰の子になろうとどんな未来を歩もうと借金さえ返してくれるのなら構わないわ。好きに生きなさい」

「随分とがめついいんじゃないの？」

「借りたものは返す。常識の範疇《はんちゅう》だと思うけど。あなたこそ、踏み倒そうなんて貴族令嬢のすることかしら。まぁ、まともな令嬢ならまず借金なんてしないけど」

「お姉様はすぐそうやって私を虐める。そんなに私が嫌いなのっ！」

アリエスは部屋に響き渡るほどの大声で喚《わめ》いて泣き出した。使用人たちが何事かと様子を見に来る。

執務室で泣くアリエスに戸惑いながらも「追い出しましょうか？」と目で問うてきたので私はお願いした。

両手で顔を覆《おお》いながら泣くアリエスだが、僅《わず》かに見えた口角が上がっていた。

これも彼女の計画の一部なのだろう。

私を悪女に、自分を被害者という枠にはめて貶めようと。回帰前なら可能だったかもしれない。でも、今は状況が違う。

今の私にはヴァイス殿下やギルメールがいる。それに使用人もアリエスの味方をすることはない。前の人生とは違うのだ。こんな杜撰《ずさん》すぎる計画に私がはまることはない。

「ちょっと、何をするのっ！　放しなさいっ！　使用人風情がこんなことをしていいと思っているのっ！　私は王子妃になる人間なのよ！　私がラーク公爵家を継いだらあんたたちなんて直ぐに追い出してやるんだから」

ギャンギャン喚きながらアリエスは執務室から強制退場させられた。

ツッコミどころ満載のことを色々と言っている。その声は執務室から出された後もしばらく聞こえていた。

「……いつ跡継ぎになったのかしら」

あの、自分に都合の良いことばかり記憶して、解釈するご都合主義の頭は少しは見習うべきかしら。というか、当初の計画はどこに行った？　これでは明らかに立場が逆転している。今のアリエスを見て、被害者と言う間抜けはワーグナー殿下だけね。

「休憩になさいますか？」

書類を見る私の手が止まっていたことに気づいたギルメールが私の元に紅茶を持ってくる。

「ありがとう」

一口飲んで、心を落ち着かせてから考える。

杜撰な計画の決行日はいつだろうかと。

そう遠くはないだろう。これだけ喚いて私を悪者に仕立て上げようとしたのだから。周囲の記憶が鮮明に残っている内に動いた方が有利だ。なら決行日は数日以内。今夜という可能性もある。

「とある劇作家が言ったわ。『地獄はもぬけの殻、全ての悪魔は地上にいる』と。本当にその通りね。人間というのは悪魔の代名詞だわ。獣だって自分の群れや家族を命がけで守るのに。人間は殺し合うのね」

私の独り言にギルメールは答えない。何と返していいか分からないのだろう。私も別に何か言ってほしくて言っていたわけではないので気にしない。

ただ愚痴が零れただけだ。

◇◇◇

side. ヴァイス

やって来た。

愚か者共が俺の唯一を傷つけに。

「だだっ広い邸だぜ」

「さっさとすませて帰ろうぜ。何だか嫌な予感がする」

帰すわけがない。

「何だよ、お前。ここまで来てビビッてるのか。情けないな。楽な仕事じゃないか。良い思いをして金を貰えるなんて」

スフィアの邸の庭でならず者の男たちが話している様子を俺は木の上から見ていた。

「朝までは長いんだ。どうせならいっぱい楽しもうぜ」

「そうだな。それは良い案だ。俺とも是非、仲良くしてくれると嬉しい」

「誰だっ！」

自分たちの行いが犯罪である自覚のあるならず者共は警戒を強めながら周囲を確認する。

犯罪だと分かっているのならここまで来なければ良かったのに。そうすれば彼らは今日の夜も心安らかに眠れただろう。

だが彼らは来てしまった。

安らかな眠りを与えてくれる夜はもう二度と来ないだろう。

俺の肩に乗っている蛇が早くやろうと急かしてくるので武器を構えるならず者共の前に姿を見せる。

長く国に居なかった為、俺の姿を見てもこの国の第二王子であることに気づきはしない。まぁ、王子がこんな時間に一人で令嬢の邸の庭にいるとは思わないのでそれもあるだろう。

「貴族が雇った用心棒か？」

シャーッ、シャーッと急かしてくる蛇を撫でて宥《なだ》めているとならず者の一人が下卑た笑みを浮かべて俺に近づいた。

「なぁ、あんた。あんたはただこの邸に雇われただけなんだろ。見逃してくれよ。そうすれば分け前の内何割かをあんたにやってもいい」

前金くらいは貰っているかもしれないが、たとえ成功したとしても成功報酬を彼らの雇い主であるヨネスト伯爵夫妻が払うとは考えにくい。金にがめついからな。

伯爵夫妻の甘言に乗ってならず者共の手引きをしたあのアリエス《バカ女》に払える金は当然ない。踏み倒し決定だな。

XXVIII. 衛生環境の為にも屑《ゴミ》掃除は大事

私は自室でヴァイス殿下が来るのを待っていた。

傍にはギルメールとヴァイス殿下が用意してくれた護衛二人がいる。部屋の外や邸周辺には何十人もの護衛がいる。アリエスには見張りがついている。もちろん、彼女には気づかれないように。

「スフィア」

部屋の外からヴァイス殿下が入室を求める声がした。

体中に緊張が走る。

私は深呼吸をして心を落ち着かせる。大丈夫だと自分に言い聞かせてヴァイス殿下に入室許可を出す。

ヴァイス殿下、護衛騎士、そして体中に蛇が巻き付きガタガタと震えるならず者たち数人と逃亡防止の為にその後ろに護衛騎士という順で部屋に入ってきた。

まぁ、あの怯えようでは逃亡はしないだろう。どのようなことをヴァイス殿下がしたのかは分からないがならず者たちは逃亡する気力すら根こそぎ奪われているようだった。

「思った以上に多いんですね」

私一人相手にどうしてこんなに数が多いのだろう。

体の震えを止める為に私は自分の体を抱きしめる。

情けない。こんなことで怯えるなんて。

「スフィア、俺がいる。大丈夫だ」

いつの間にか私の隣に来ていたヴァイス殿下が安心させるように私の肩を抱いてくれた。それだけでほっとする。

回帰前、繰り返し体に刻まれた暴力の恐怖。死ぬ直前まで与え続けられたら最終的に何も感じなくなっていた。

人間はどんな過酷な環境でも慣れることのできる生き物だと思う。だから私も慣れたのだと思った。

実際に回帰後、お父様に暴力を振るわれても何も感じなかった。それどころか、自分が有利になる為にわざと暴力を受けたりもした。でも、違った。

私は慣れたのではない。ただ麻痺していただけなのだ。麻痺していただけで心はちゃんと感じていた。暴力により与えられる痛みも恐怖も。

仮に慣れていたとしても、慣れてはいけない。麻痺を受容してはいけない。

私はヴァイス殿下に支えられながら彼らを見据える。

「あなた方の目的は私ですか？」

「……………」

「質問に答えろ」

「ヒィッ」

ならず者たちの首に巻き付いた蛇がヴァイス殿下の声に反応してシャーッと威嚇する。たったそれだけのことなのに、ならず者たちは情けない声を出して更に怯えた。

本当にヴァイス殿下は一体何をしたのだろう。ちらりと彼に視線を向けると私の視線に気づいたヴァイス殿下はこてりと首を傾ける。この仕草だけ見ればまるで主人に懐くペットのような愛らしさがある。それだけに何も聞かない方が良いような気がしたので「なんでもない」と首を左右に振って、視線をならず者たちに戻した。

「わ、分かった。言うっ！　言うから勘弁してくれよぉ」

恐怖に耐えられなくなったならず者の一人が泣きながら話し始める。

「この邸にいる令嬢二人を襲えって頼まれたんだぁ」

監視していた者の報告によるとヨネスト伯爵夫妻はアリエスに私が雇ったならず者に襲われかけたと訴えさせ、私を裁判にかける計画になっている、と提案してならず者の手引きをさせた。

アリエスは私さえ追い落とせば自分が公爵家の跡継ぎになれると思っている。そう強く思うのはワーグナー殿下の婚約者だからだろう。王太子以外の王子は何も問題なければ公爵家に臣籍降下するからだ。

その時点でワーグナー殿下は条件に当てはまらないのだけどアリエスはそんなこと思いもしないのだろう。騒ぐ分家はワーグナー殿下の持っている権力で黙らせればいいと思っているのかも。

当然だけどあの強欲なヨネスト伯爵夫妻がそんなことを許すはずがない。

実際の計画はならず者に私とアリエス両方を襲わせるものだったのだ。アリエスは口封じの為に確実に殺す方向で、私は傷物にして、社交界で爪弾きにさせて、精神的に追い詰めて自分たちの言いなりにさせる手はずになっている。

私に新たな公爵としてミランダを指名させ、その書類にサインをさせる為に。

何らかの事情で公爵を続けられず、跡継ぎもいない場合の次期公爵の任命権は現公爵にあるからだ。

「誰に雇われたの?」

伯爵夫妻が使用人を使って彼らに依頼していることも分かっているし、その使用人もこちらで確保済みなのでこの質問は証言を取る為の作業でしかない。

「お、男だ。上品な服を着た。な、なよなよしていたかな? モノクルをつけてた。三十代ぐらいの」

こちらで確保している使用人で間違いないようだ。

その使用人も口封じの為に殺されるようになっていた。使用人を殺すことになっていた男もこちらで確保している。

「ちょっと、放しなさいよ。私は次期公爵よ。こんなことをしてタダですむと思っているの？」

部屋の外からアリエスの声が聞こえた。

彼女はもう自分が公爵になる未来を視《み》ているようだ。そんな未来は絶対に来ないのに。

ヴァイス殿下の部下によって部屋に連れて来られたアリエスは私の姿を見て憎い仇でも見つけたかのような恐ろしい顔をした。けれど、すぐにヴァイス殿下の存在に気づき、従姉に虐められるか弱い少女の面を被る。

もう既に手遅れなのに。そんなことにも気づかずに演技をする彼女の姿は滑稽であった。

「お姉様、どうしてこんなことするんですか。この人たちは何なんですか？　私、怖いです。私をどうするつもりですか？」

ぐすん、ぐすんと涙を流しながらアリエスは必死に訴える。時折、ちらちらとヴァイス殿下の反応を確認している辺り本心ではないと語っているようなものだ。

視線を向けられているヴァイス殿下はアリエスの視線に気づいているはずなのに全く彼女を見ない。ここまでアリエスを無視する人も珍しい。前の人生ではそんな人いなかった。

特に貴族の男性は泣いている令嬢を無視したりはしない。周囲にどう見られるかを気にするからだ。必然的に泣かせた人間が悪人となる。

「アリエス、そんな演技をしても無駄よ。あなたが今夜何をしたのか私を含め、この場にいる人たちは全員知っているわ」

「な、何のことですかぁ。私、何も知りません。もうやだぁ、怖いわ。訳が分からない」

そう言って泣き続けるアリエス。傍から見たら本当に怯えているようだ。

「ヴァイス殿下ぁ、助けてくださぃよぉ」

こんなに泣いているのに、こんなに怯えているのに自分を見もしないヴァイス殿下に痺《しび》れを切らしたアリエスが遂にヴァイス殿下に呼び掛ける。すると、ヴァイス殿下の目がアリエスに向いた。アリエスは喜色を浮かべる。何となく嫌だなと思っていると底冷えするようなヴァイス殿下の声が聞こえて、すぐにヴァイス殿下がアリエスを見るということにもやっとしていた感情が霧散した。

「は？　どうして俺がお前を助けなければならない？」

「ふぇっ！」

ヴァイス殿下の反応が予想外過ぎたのかアリエスは変な声を出して固まってしまった。

「俺はお前を殺したくてたまらない感情をスフィアの為に我慢しているんだ」

「な、何でですかっ！　私が何をしたって言うんですかっ！」

面の皮が厚いというかなんというか、このならず者たちが私を襲うという恐ろしい計画に加担しておいてよくほざける。

「お友達なんだろ、こいつらと」

ヴァイス殿下は顎でならず者たちを示した後、アリエスに嘲笑を向ける。

「こんな夜遅くに招く友達なんだ。よっぽど親密な仲なんだろうな」

「なっ。し、知りません。こんな人たち」

「そりゃあないぜ、嬢ちゃん。お前が俺たちを邸の中に入れたんだろうがぁっ」

自分たちが犯罪者として裁かれることを受け入れたならず者たちは少しでも関係者を道連れにしよ

うとさっきよりも口を軽くした。もちろん、それで黙るアリエスではない。

「変なこと言わないで。ワーグナー殿下の婚約者になれるほど私は高貴な血筋なのよ。アンタたち下民が気軽に口を利ける相手じゃないのっ！　アンタたちなんか知らない。本当です。ヴァイス殿下。信じてください」

目を潤《うる》ませながらアリエスは懇願する。

きっとヴァイス殿下が自分に冷たいのはならず者たちと自分が関係していると誤解しているからだと判断したようだ。

「きっと誰かが私を陥れる為に……あっ、まさか、お姉様が」

信じられないものでも見るような目でアリエスは私を見てきた。

「酷いわ、お姉様。そこまで私を恨んでいたんですね」

アリエスは両手で顔を覆い、号泣を始める。この場はアリエスの一人舞台と化していた。アリエス、自分の演技にのめり込む前にヴァイス殿下の表情を確認した方が良いわよ。直視できないほど恐ろしい形相になっているから。きっとあなたが今必死に流そうとしている涙なんて簡単に引っ込むわ。

「アリエス、いいことを教えてあげる。あなたは私を害せば自分が公爵になれると思ったんでしょう。もしかして伯爵夫妻にも似たようなことを言われてその気になったのかしら？　でも、残念ね。あなたは人を見る目がなさすぎるわ」

ワーグナー殿下を将来の伴侶として選ぶあたり特にそう思うわ。

「伯爵夫妻の目的は公爵家の乗っ取り。私を精神的に追い詰めて意のままに操る計画を立てていたの。次の公爵の任命権は私が持っているからね。そして伯爵夫妻に協力したあなたは今日、そこの男たちに殺される予定になっていたの。そうよね」

私が確認の意味を込めてならず者たちに視線を向けると「そうだ」とみんなが口々に言った。

「嘘よっ！」

「嘘じゃねぇよ。アイツら言ってたぜ。お前のことを売春婦だと」

「なっ」

「お前は伯爵夫人の言うことを忠実に実行する犬なんだろ。良い捨て駒だって言ってたぜ。お前のこと、汚らわしい孤児だと」

「下民にも劣る身の程知らずだとも言っていた」

「初めっからお前を公爵家に迎え入れるつもりはなかったそうだ。そうとも知らずにのこのこと俺たちを手引きして。滑稽だったぜ」

「みんなで話し合ったんだ。お前みたいな馬鹿は最後に楽しもうって。自分の計画が成功したと確信させてから絶望に落とすのは最高に楽しいからな」

「嘘よっ！」

ならず者たちに引っ張られてアリエスは遂に白状に等しい言葉を発した。

「スフィアを始末したら私を伯爵夫妻の養女にしてくれるって言ったわ。伯爵令嬢なんて公爵令嬢に比べたら劣るから嫌だったけど、でも、すぐに女公爵にするって約束してくれたもの。だからそれまでの辛抱だと思っていたのに」

ある意味、純粋ね。

人の言葉をそのまま信じるのだから。

きっとお父様に可愛がられ、公爵家に住まわせてもらって、自分が本当に公爵家の人間になったかのような勘違いをしたのだろう。公爵令嬢である自分を害そうとする人間なんているはずがないとも思っていたのかもしれない。

彼女がもう少し慎重に動ける人間で、普通の令嬢と同じぐらい頭が回る人間であればそんな勘違いは起きなかっただろうし、こんな事件も起こさなかっただろう。でも、全ては後の祭り。

彼女は下級貴族の令嬢として生き残る能力も、没落した貴族令嬢として生きる術も何も持ってはいなかった。それは彼女自身のせいでもあり、彼女を溺愛し、甘やかした私の父のせいでもあり、そんな二人を止められなかった私のせいでもある。

「アリエス、伯爵夫妻にはジュディという息子がいるわ。あなたを養女にする必要はないし、彼らが公爵家を乗っ取るつもりなら血の繋がらないあなたをその座に据《す》えるよりも息子を据えさせる方がいいわ。あなたは利用されていたのよ」

「っ。で、でも、私を公爵にして息子と結婚させるつもりだったかもしれないじゃない。ほら、私って可愛いし」

自分が利用されたなんて信じたくはないのだろう。彼女はいつだって利用する側で、される側ではなかったから。だからってそれは無理があるだろう。現に言った自分でも気づいている。

「万が一伯爵令息があなたに惚れていたとしましょう。あなたは確かに可愛らしい見た目をしているからね。でも、それでもあり得ないわ。もしそうでも、息子を公爵にしてあなたを娶《めと》った方がいいわ」

まぁ、アリエスの身分では公爵の妻は無理だし、しかもアリエスの家は既に没落しているから正妻ではなく愛人扱いにはなるでしょうけど。

「……そんな」

アリエスは顔を青くして、体を震わせた。今更ながら、自分が殺されていたかもしれないという事実に戦慄したのだろう。尤《もっと》も、こんな罪を犯した彼女を無罪放免にするつもりはないのでアリエスは貴族令嬢として完全に終わったけれど。

「私、利用されていたのね。酷い、酷いわ。私が何をしたって言うのよ」

私を排除しようとしたでしょう。何を言っているのよ。

アリエスはまるで自分が被害者であるかのように泣き出してしまった。彼女の頭には利用され、殺されかけた可哀想な自分のことしかないようだ。羨ましいぐらい、便利な頭ね。

彼女以外、私を襲おうとしたならず者でさえ呆れた顔をして彼女を見ていた。

「馬鹿ね、アリエスは。あんな人たちに唆されて貴族令嬢としての地位を完全に失って」

「失う?」

壊れたブリキのような動作でアリエスが私を見る。自分の立場が何一つ分かっていないようだ。それもそうだろう。自分は被害者で罪を犯したという自覚がないのだから。ならばその自覚を持たせてあげる。それができなくても立場ぐらいは理解をさせてあげよう。でなければ絶望は与えられないでしょう。

「ええ。貴族は罪を犯した者には厳しいの。共犯者だと見做されたくはないだろうからみんなあなたに近づきもしないでしょうね。ただでさえ、借金まみれで没落貴族のあなたに価値などないのに、自らその価値を底辺まで貶めた。あなたと付き合うメリットは完全に失われたわ」

まぁ、元からそんなメリット存在していなかったけど。

でも、本人の言う通り容姿は良い。だから正妻は無理でも愛人にと考えている人はいたかもしれない。立場は正妻よりも弱いけど、それでも平民よりは贅沢な生活ができただろう。今となってはその道すらも絶たれた。

「お、お姉様、助けて……助けて、くれるわよね。私は、あなたの可愛い妹でしょう？」

ここまでしておいて、どうして私が助けてくれると思えるのかしら。しかも〝可愛い妹〟って馬鹿じゃない？

「……私が助けを求めた時はいつだって嘲笑っていたじゃない」

私は何度も、何度も助けを求めた。

痛くて、苦しくて。いっそ死んでしまいたいと思った時もあった。だけど、あなたはいつだって優越感にまみれた顔で私を嘲笑った。

あなたは私から全てを奪った。公爵家も、ワーグナー殿下も、未来も。あなたが奪ったものは返してもらう。ああ、でも、一つだけ要らないものがあったの。それはワーグナー殿下。あれは要らないわ。返されても屑籠に入れるだけ。再利用もできないし。だから、それだけはあなたに譲ってあげる。

「保釈金さえ払えれば減刑は可能よ」

「じゃあ」

希望に満ちた顔でアリエスは私を見る。私があなたに払うわけないでしょう。自分を殺す可能性のある女を野放しにしておくほど私はお人好しじゃないもの。それにあなたは恩を仇で返す人種でしょう。尚更、無理ね。

「頑張ってワーグナー殿下に頼んで保釈金を払ってもらうのね」

アリエスの顔が希望から絶望に変わった。

人の不幸は蜜の味。今ならあなたを少しだけ理解できるわ、アリエス。だってあなたが絶望のどん底に追い落とされる姿は私に優越感を与えてくれるもの。私は今、とても幸せよ。

XXIX. 屑掃除《ゴミ》

「ラーク女公爵、アリエス嬢のこと聞きましたわ。身内にあのような野蛮な方がいて本当に大変でしたわね」

「ラーク女公爵に何もなくて良かったですわ。お体は大丈夫ですか？」

アリエスには男爵位返上と禁固五年の刑が言い渡された。彼女は最後までヨネスト伯爵夫妻に騙されただけで自分は悪くないと主張し続けたそうだ。

伯爵夫妻は領地返上と爵位を伯爵から男爵位に降格、禁固十年が言い渡された。

実行犯であるならず者たちは処刑となった。彼らは平民で私は公爵であることから彼らの処刑は免れなかった。

アリエスと伯爵夫妻が処刑になっていないのに、ならず者たちが処刑というのは理不尽に思えるかもしれないがそれが身分社会というものだ。

ヴァイス殿下が守ってくれた為私自身は無傷とはいえ、これを機に私を貶めようとあらぬ噂を立てられてはたまらないので社交界に積極的に参加していた。

実は傷物なんじゃないかと噂を立てようとする者は少なからずいるのだ。

私は群がる貴族たちに笑みを見せる。

「ええ、私も彼女とずっと一緒に暮らしていたのでずっとしましたわ。けれど事前に情報を摑むことができていたので助かりました。どこかで踏み止まってくれることを祈っていたのですが、こうなってしまいとても残念ですわ」

「ヴァイス殿下がご協力なさったとか」

私の無事など彼女たちにとってはどうでもいいこと。本当はそっちが聞きたかったのだろう。ヴァイス殿下は第二王子で王太子に何かあった場合は彼が次の王になれる可能性が高い。

ヴィトセルク殿下が無事に王位を継いだ後でも、ヴァイス殿下はヴィトセルク殿下の補佐になるから彼の妻になれば社交界で王妃の次に力のある女性になれるのだ。

それにヴァイス殿下は見た目も良いので狙っている令嬢は多いのだろう。今まで外国に暮らしていたから彼の人となりはベールで包まれているけど令嬢たちにとっては些末事《さまつじ》のようだ。

それに獣人というのも良いのだろう。人と違って獣人は番に選んだ相手に一途《いちず》だというから令嬢たちには憧れの対象だった。

「はい。私一人では対抗することができませんでしたのでご協力をお願いしました」

「ヴァイス殿下はお優しいのですね」

一人の令嬢が牽制を始めた。

『優しいから手を貸しただけであんたに気があるからじゃない。勘違いしないように』ということだろう。

「ええ、本当にお優しい方ですわ。まさか殆ど初対面の私にここまで優しくしてくださるとは思いませんでした」

『あなたが困った時、ヴァイス殿下が私を助けた時みたいにあなたを助けてくださるといいですね』と私は返しておいた。

令嬢は私を睨んでくる。

人となりの分からない男を地位が高いという理由だけでどうして将来の伴侶に選べるのかしら。どんなに地位が高くとも、自分以外の令嬢を見下せる地位にいても家庭環境が地獄であれば何の意味も成さないのに。そう考えられるのは私が前の人生で地獄のような結婚生活を送っていたからでしょうね。

もし、ヴァイス殿下と結婚したとしたら私は幸せになれるのかしら。

ヴァイス殿下は私に好意を示してくださる。それはとても嬉しいことだ。だからって無条件で彼を受け入れる理由にはならない。もう二度とあんな結婚生活は御免だ。

公爵として跡継ぎは必要だ。だから最悪分家から養子を取れば良いとも思っている。

「⁉」

情報収集&牽制という名の会話を楽しんでいると肘のあたりを強く摑まれて後ろに引かれた。自然と体は後ろに傾く。

私の腕を摑んだのはワーグナー殿下だった。どことなく焦りと苛立ちが彼から滲《にじ》み出ている。原因は分かっている。

「スフィアっ！　どうして俺の手紙を無視したっ」

ワーグナー殿下はアリエスのことを知るとすぐに私に手紙を送ってきた。内容は私とやり直すことだ。殿下の浮気が原因で、しかも殿下からの婚約破棄。だから殿下から私に婚約を申し出ることはできない。だから私から殿下に婚約を申し出るようにという命令書だった。

手紙ではアリエスに関することは一切触れてはいなかった。切り捨てたのだ。この程度の愛に良いように翻弄されるなんてアリエスも私も馬鹿よね。

存在しないものを夢見た結果、前の私も今のアリエスも奈落の底に落ちたのだから。前の人生で私の死後、アリエスがどんな人生を送ったかは分からないけど。こんな人と一緒にいて幸せになれるとは到底思えない。

「殿下、申し訳ありませんが私と殿下の再婚約はあり得ません。そもそも殿下はまだアリエスと婚約したままではありませんか」

ワーグナー殿下から私に婚約の申し込みがあったことを知った周囲の人間は完全に引いていた。それにアリエスが罪人になってすぐに婚約を破棄しようとしていることも薄情だと非難している。

「アリエスとの婚約破棄はすぐにするから、お前は黙って俺の言うことを聞けばいいんだよ」

婚約破棄は無理だろう。

ワーグナー殿下はアリエスを養女にする家を探していたが受け入れてくれる家は見つからず、最近ではかなり強引なやり方をしていた。貴族から王家に苦情まで来ている始末。

アリエスのことは王家にとって吉報だっただろう。このままワーグナー殿下との婚約を維持させ、一緒に平民にさせるつもりだとヴァイス殿下から情報を貰っていた。

私がワーグナー殿下に何の返事も出さなかったら、彼は行動を起こすと思っていた。

ねぇ、ワーグナー殿下。どうせならその地位、徹底的に落としてしまいましょう。二度と這い上がれないように。

「それは無理です。殿下は私との婚約中に私の従妹と恋仲になり、私との婚約破棄を希望なさいました。しかもその際に私がアリエスを虐めたというありもしない罪まで着せて。このような不義理をしておいて、アリエスの状況が悪くなったから私に乗り換えると言われて素直に従うことはできません。それに冤罪に関して謝罪も受けていませんし」

「王子である俺に謝れと言うのか」

王族は威厳を保つために人に頭を下げてはならない。帝王学で学ぶらしい。

くだらない。

自分の過ちも認められない人間が人をどこに導くと言うのか。

「それだけのことを殿下は私にしました」

自然と人々の目が短くなった私の髪に向く。痛まし気な視線から殿下に対する侮蔑の眼差しへと変わる。愚鈍なワーグナー殿下がそれに気づくことはない。それも想定済みだ。あなたが愚鈍で良かったと初めて思ったわ。

「仮に謝罪を受けたとしても私が殿下と婚約を結び直すことはありません」

「はっ。お前如きに求婚する奴なんていないだろ。意地を張っていないで大人しく俺の言うことを聞け」

「お生憎様ですが、公爵になってからそれなりに求婚届は来ております。わざわざワーグナー殿下のお手を取る必要はありません」

「王子である俺よりも良い？」

「はい」

私に対するワーグナー殿下の怒りがどんどん増していく。昔から短気で、感情を制御するのが苦手な人だった。まるで理性のない獣のように感情のまま動く。

「私はスフィア・ラーク女公爵です。ラーク家当主として家門に害なす存在を受け入れるわけにはいきません。それと重ねて申し上げますが、殿下とアリエスは未だに婚約中となっております。我が国の法律上、重婚はできません。私との婚約を希望なさるのならアリエスとの関係を清算してからにしてください。その時は正式にお断りのお返事をさせていただきます」

「スフィアの分際で俺に指図するなっ！」

すぐ暴力に走ろうとする。

「そこまでだ」

ヴィトセルク殿下の声が会場に響き渡り、同時に騎士たちがワーグナー殿下の振り上げた腕を掴み、後ろで捻る。私の隣にはいつの間にかヴァイス殿下がいた。

「貴様ら、王子である俺にこんなことをして許されると思っているのか。不敬罪で全員処刑してやる」

「愚弟よ、お前にそんな権利はない。人を裁く権利は司法と王にある。お前はそのどちらでもないだろ」

人垣の中からヴィトセルク王太子とリオネス王太子妃が現れた。

「ワーグナー・ヴィザール、ラーク公爵を含む多くの貴族に対する暴言と暴行は目に余る。また厚顔無恥にもラーク公爵に向けて自分との婚約を強要することから反省は見られず、行いに対しての自覚もないことからお前は王子に相応しくないと陛下は判断された。俺も賛成だ。お前に対する貴族からの苦情が日ごと増えていき、政務に支障をきたす程だ」

ヴィトセルク殿下はリオネス様から受け取った王の書状をワーグナー殿下に投げつける。

「喜べ、愚弟。今を以《もっ》てお前とアリエス嬢の婚姻は成された」

「は？」

「婚姻書に関してだが、諸事情によりお前の代理として陛下が、アリエス嬢は両親がいないがラーク家の分家に当たるのでラーク家の当主である公爵が代理でサインをした」

ワーグナー殿下は足元に転がってきた紙を一枚手に取る。それは代理で私と陛下がサインをしたアリエスとワーグナー殿下の婚姻書だった。

晴れて二人が夫婦になったことが公の場で明かされた。

「兄上、アリエスは罪人です。それに爵位だって返上して、平民に」

「ああ。だからお前も王籍から抜いておいた。今のお前は王族ではない。アリエスと同じ平民だ。良かったな。愛する女と一緒になれて。〝真実の愛〟なのだろう？　それを貫くには男爵令嬢と王族という身分が障害になる。陛下はそれをたいそう嘆かれた。議論の結果、お前たちの障害を排除してやろうとの陛下からの慈悲だ。心して受け取れ」

ヴィトセルク殿下はにやりと笑った後、会場を盛り上げる道化師のように両手を広げた。

「さぁ、皆の者。新たな夫婦の誕生を喜ぼうではないか。身分よりも愛を取った素晴らしき夫婦の誕生だ。盛大な拍手を」

貴族たちは最初戸惑っていたが、数か所で拍手が起こるとそれに倣うように盛大な拍手が巻き起こった。

「俺が平民、王子である俺が、平民、俺が平民、俺が」

盛大に起こる拍手の中、ワーグナー殿下は膝から崩れ落ちるように座り込み、絶望に満ちた顔をしていた。

――もっと胸がすっきりすると思っていた。

「帰るなら送るよ」

踵《きびす》を返した私にヴァイス殿下が優しく声をかけてくる。視線を向けるといつもの安心できる笑みを彼は浮かべていた。

「送らせて」と懇願するようにヴァイス殿下が言うので私は頷いていた。

するとヴァイス殿下は嬉しそうに私の手を取ってエスコートする。ヴァイス殿下のエスコートを受けながら会場を出た時も馬車の中でもヴァイス殿下は終始ご機嫌だった。

「ああ、そうだ。君に届いた求婚届、くれる？　こちらで片付けておくよ」

「え、でも」

「受けるつもりはないんだろ？」

「ええ」

「愚弟のせいで色々迷惑をかけたしね。今は少しでもスフィアの負担を減らしたいんだ。俺の手を煩わせるとか思わなくて良いから。王子である俺から言っておいた方が何度も送って来るような馬鹿は減るだろ」

何度断っても同じ人から求婚届は来た。

今は何だかとても疲れている。暫く思考を止めてしまいたいと思う程に。

「では、お願いします」

「ああ、任せて。おやすみ、スフィア」

「おやすみなさい、ヴァイス殿下」

いつの間にか馬車は邸に着いていた。ヴァイス殿下は私が邸に入るまで見守ってくれていた。

XXX. 屑《ゴミ》処理は完璧に

side. ヴァイス

「さてと」

すべきことは二つ。

スフィアに求婚届を送ってきている連中と話し合って、丁重に辞退をお願いすること。

そして、屑の処理だ。

「先に求婚届を片付けて、次に屑《ゴミ》処理かな。屑《ゴミ》は生物だし、処理に時間がかかる。だって、放置すると腐って臭うからね」

◇◇◇

某伯爵家次男
「ヒィッ、お、お許しを」

邸の床を這《は》いずり回って逃げ出す某伯爵家の次男。

「酷いなぁ、俺はただお願いをしているだけなのに。まるで化け物にでも会ったかのような反応をするなんて傷ついちゃうよ」

シャァーっと俺の首元にいる蛇が男を威嚇する。俺と同じでこの男が気に入らないようだ。

「こらこら、威嚇しちゃダメだろ。今日は処理をしにきたわけじゃない。お願いをしにきたんだから」

お願いする立場だからちゃんと礼儀を弁えないと。そう思って俺は床に座り込む男に視線を合わせる為に床に片膝をついた。

「スフィアはね、今とても疲れているんだ。屑《ゴミ》二つが片付いたばかりなんだ。そこを配慮してほしいんだよね。そもそも君さぁ、本当にスフィアのことが好きなの？ 愛しているの？ まさかスフィアの地位を目当てにこんな馬鹿な紙切《ゴミ》れを送ってきたわけじゃないよね？」

「あ、あ、あ、」

「ねぇ、俺は質問をしているんだよ。ちゃんと答えてほしいなぁ」

「シャアっ」

「ひっ、も、も、も、申し訳ありませぇんっ！ もう二度と女公爵様に求婚届を送りません。ご本人にもお会いしませんっ！ ゆ、ゆ、ゆ、ゆ、許してくださいっ！」

某侯爵家三男
「スフィアは何度も断りを入れてるよね」

「あ、あの、ヴァイス殿下」

ソファーに腰を下ろした男は汗が止まらないのか、しきりにハンカチで汗を拭き取っている。

「それで？　君はいつまでスフィアに求婚し続けるつもりだい？」

「えっと、その、ですね。ええ……」

はっきりしない男だ。気に入らない。誰が相手でも気に入らないけど。

「しつこい男は嫌われるよ」

「……」

「何？」

「いえ」という割には何か言いたそうな顔でこちらを見てくる。だから視線で促してみたけど結局この男は何も言ってはこなかった。

「それで？　いつまで求婚をするつもりなの？」

「……もういたしません」

「それは良かった」

俺は順調にスフィアに付き纏う男を排除していった。もちろん、彼らは求婚し続けただけだからちゃんと話し合いでスフィアの婚約者候補を辞退してもらった。

「おい、ヴァイスっ！　いい加減にしろっ」

なぜか王宮に戻る度にヴィトセルクが鬼の形相で怒ってきたけど。何をそんなに怒っているのだろう。

ヴィトセルクには後でホットミルクでも届けさせておこうかな。

「これで終わりか」

俺はスフィアが渡してくれた求婚届の書類を燃やした。

「次は屑《ゴミ》処理だな」

たっぷり苦しんで死んでもらおう。スフィアが苦しんだように。

「丹念に用意してあげよう」

「シャアっ」と首元にいる蛇も同意を示すので撫でてあげると嬉しそうに尻尾をふりふりしていた。

◇◇◇

side. アリエス

「きゃっ」

この私が罪人なんてあり得ない。そう思っていたら神様が私の願いを叶えてくれた。私を哀れに思った騎士が私を牢屋から出してくれた。

「見てなさいよ、スフィア。スフィアの分際で私に楯突いたことを後悔させてやる」

公爵になるのはこの私。スフィアなんかに務まるはずがない。ヴァイス殿下だってきっと直ぐに本性に気づいて、スフィアを捨てるに決まっているわ。そうしたらヴァイス殿下はきっと私に求婚しにくるでしょうね。私をこんな目に遭わせたんだもの。直ぐには受けてあげない。

自分がどれだけの過ちを犯したかを分からせてから求婚を受けよう。本当ならヴァイス殿下のしたことは許されないことだけど、でも、スフィアに騙されただけなんだろうし、私は優しいから許してあげる。

「こちらでお待ちください」

騎士の案内でやってきたのは寂れた場所のボロい一軒家。

貴族の令嬢である私をこんな所に連れてくるなんてどういうつもりかしらと文句を言いたかったけど色々あり過ぎて疲れていたので今は大人しく従うことにした。

「スフィア、覚えていなさいよ」

私をこんな目に遭わせておいてタダではすまさないんだから。スフィアに思い知らせてやることを心に決めながらボロ屋に入るとそこにはワーグナー殿下がいた。

王子である彼が権力を使って愛する私を助けてくれたんだわ。ヴァイス殿下は第二王子だけど側妃の子でワーグナー殿下は第三王子だけど正妃の子だから地位的にはワーグナー殿下の方が上ね。どうしよう二人の男から求められたら。可哀想だけど、ワーグナー殿下を夫にして、ヴァイス殿下にはお友達で我慢してもらおう。

スフィアと違って私は愛されている。可愛いって本当に罪よね。こんなことで悩まなくていいスフィアが羨ましいわ。

「ワーグナー殿下、私を助けにきてくださったんですね。嬉しいです。私の味方はワーグナー殿下だけです。愛していますわ、ワーグナー殿下」

感極まって私はワーグナー殿下に抱き着こうと駆け寄った。するとワーグナー殿下は私の頬を殴ったのだ。あまりの強さに私の体は後ろに傾き、汚い床にお尻をつけてしまった。

一瞬、何が起こったのか分からない。

殴られた衝撃で歯が抜けて床に転がる様を見て、ジンジンと熱を持つ頬に触れる。握り拳を作って殴られた為、私の顔にはその痕がくっきりとついているのが触れただけで分かる。殴られたのだと理解してから痛みを感じた。

「スフィアに手を出したことは責めはせん。寧ろよくやったと褒めてやる案件だ。この俺に迷惑をかけなければの話だが」

「は？」

汚い床に転がる私を起こそうともせずにワーグナー殿下は私を睨みつけながら言う。

「この俺に釣り合う為に行動したことも可愛気があって好ましい。だからこそ、わざわざ男爵令嬢であるお前を選んでやったんだ。お前が公爵家の養女になることがあの時点では確定されていたからな」

何それ。私が公爵家の養女になる話が持ち上がっていなかったら私を選ばなかったってこと？

あんな地位だけの女に私が負けるとかあり得ないんだけど。ワーグナー殿下、さっきから何を言っているの。

「もっと上手くやればいいものを。お前のせいで俺まで平民だぞ！　この俺が！　王子である俺が、選ばれた人間である俺が、平民なんてあり得ないだろうが！　どうしてくれるっ！」

「は？」

平民？　誰が？　目の前の男が？

「どういうことよ、それ。何であんたまで平民になってんのよ！　マジであり得ないんだけど。平民のあんたと婚約したって何の意味もないじゃない。あんたが王子だから婚約したのに、こんなの最悪だわ。私の人生計画が台無しじゃない。どうしてくれるのよ」

こうなったらヴァイス殿下に鞍替《くらが》えね。キープはできていないけど、問題ないわ。だってヴァイス殿下の相手はあのスフィアだもの。ちょっと誘惑したら直ぐに私のことを好きになるわ。私がスフィアなんかに負けるわけないもの。

「お前、王子である俺にそんな口を利いていいと思っているのか」

「はぁ!?　あんたさっき自分で平民になったって言ってたじゃない。頭、大丈夫？　あんたはもう平民なんでしょう。王子じゃないのよ。王子じゃないあんたに何の価値もないじゃない」

「何だとぉっ！」

「だってそうでしょう。あんたなんて馬鹿だし、横暴だし、エッチだって痛いだけで下手じゃない。それでもあんたが王子だから付き合ってあげてたのに。もうっ！　最悪っ！」

「なん、ぎゃあっ」

またお得意の暴力を振るってこようとしたワーグナー殿下を前に身構えたけど、ワーグナー殿下の間抜けな悲鳴が聞こえた。

ワーグナー殿下は口から泡を吹いて床に倒れた。

「え？　何？　何なのよ、急に」

「がっ、あがっ、あ゙っ」

ワーグナー殿下は首を押さえながら苦しみだした。

「何よ、何なのよ、もうっ」

私は訳が分からなくて、怖くて、その場から逃げ出した。ボロ屋を出てすぐ、何かに足を取られて転んだ。

「もうっ！　何なのよっ、ひっ」

足に何が引っかかったのか確認しようと体を起こすと蛇が私の足に巻き付いていた。

「あっ、ぐあっ」

足を噛まれて直ぐに息ができなくなった。毒蛇だと分かった時にはもう体が動かない。

地面の上でのたうち回る私の首を誰かが摑んだ。ズルズルとその人は私を引きずりながら私が逃げ出したボロ屋に連れてくる。

ボロ屋にはまだ泡を吹いて苦しんでいるワーグナー殿下がいた。彼の体には無数の蛇が群がっていて、噛み痕も複数あった。

ワーグナー殿下の元に私の体は放り投げられた。

「愛する人を置いていっちゃダメだよ。愛しているのならずっと、死ぬまで、死んでも一緒にいるべきだろ。それが人を愛するということだ」

………ヴァイス殿下。

◇◇◇

side.　ヴァイス

燃え盛るボロ屋を見つめる。彼らに噛み付いた蛇たちは猛毒だけど、噛み付かれたからって直ぐには死なない。そんなのは面白くない。

まずは喉を掻きむしりたくなるほどの不快感が襲ってくる。その次は猛烈な痛みだ。喉が潰れて、声が出なくなっても叫ぶことを止められないほどの痛みが襲う。最後は体が麻痺して動けなくなる。そうなってくるともう完全に毒が回っているから呼吸困難で死ぬ前に火を放った。

燃え盛る炎が徐々に迫ってくる恐怖、煙で死なないように調整をしているから火が肌を焼く痛みを味わいながらゆっくりとあの屑共《ゴミ》は死んでいった。

いい気味だ。スフィアの苦しみに比べたら大したことはないかもしれない。だけどこれ以上あんな屑《ゴミ》共のせいで彼女の笑顔が曇るのも、何よりも彼女の心を負の感情が占め続けるのは俺が耐えられない。たとえ負の感情であっても彼女の心を占めるのは俺であってほしい。

「これで屑《ゴミ》処理、完了」

彼女の父親であるアトリも既に地獄へ送った。これでスフィアを害した者たちはいなくなった。

「そろそろ、スフィアに俺のことを話さないとな」

本当のことを話したらスフィアは俺のことを嫌いになるかもしれない。俺のことを拒絶するかも。顔も見たくないと思われるかもしれない。もし、そうなっても俺はスフィアを放してあげることができない。

「俺もあいつらと変わらないな」

スフィア、幸せにする。

誰よりもあなたを愛すると誓う。だからどうか、真実を知っても俺のことを嫌いにならないで。愛してとは言わない。心が欲しいと乞うことはしない。だからどうか、傍に居ることを許してほしい。

XXXI. 人は無意味に生まれ、無意味に死ぬものである

お父様は横領の罪で裁かれた。

私は公爵になった。

アリエスとワーグナー殿下もそれぞれに罪を償《つぐな》うこととなった。

これで私の命を脅かした者はいなくなった。

「スフィア様、イストワール侯爵令嬢よりお手紙が届いています」

「イストワール侯爵令嬢から？」

前の人生を含めても彼女から手紙を貰うのは初めてだ。文通するような仲でもなかったし、それは今回の人生でも同じだ。それなのに一体何の用だろう。

「……そっか」

手紙を受け取った時は申し訳ないけど何か面倒な要求でも書いてきたのかと思った。けれど実際の内容は感謝と今後のことについて書かれていた。

イストワール侯爵令嬢は念願だった医者を目指すことにしたそうだ。もちろん、両親からは猛反対を食らったらしい。絶縁も言い渡されたそうだ。彼女はそれでも構わないと言った。イストワール侯

爵夫妻はそう言えばすぐに諦めると思ったのだろう。どうせただの気まぐれだと。

けれどイストワール侯爵令嬢は絶縁状を夫妻に叩きつけ、家を出た。もちろん兄も一緒に。宝石やドレスを売ったお金で隣国に行き、小さな一軒家を購入。そこで兄と二人で暮らしているそうだ。

生活もだいぶ落ち着き、今は医者を目指して勉強中だそうだ。

私が夜会で言った一言で目が覚めたと、あの一言がなければ動けなかったと彼女は感謝の言葉を綴《つづ》っていた。

未来を知っていたから、そこでくすぶってしまうのはもったいないと思った。それに私が動かずにいたことで未来が変わらず、彼女が医者になる夢を諦めるのが嫌だとも思った。完全に私のエゴだ。

それでもその一言で一つでも後悔の少ない人生を彼女が歩めるようになったのは良かったと思う。

後悔だらけの人生はかなりキツイと私自身、前の人生を振り返って思うから。

イストワール侯爵令嬢は道を決めた。夢に向かって歩み始めたのだ。

「私はどうしよう」

何もなくなってしまった。目標を達成した後、当然だが未来は続く。分かっていたのに、その後のことまで考えていなかった。考える余裕もなかった。だから今、とてつもない虚無感に襲われている。

「スフィア様」

ギルメールが珍しく緊張した顔で執務室に入ってきた。彼の手には一枚の書状がある。差出人はルドルフ・ラーク。私の祖父だ。

手紙には都合の良い時に訪ねてくるようにと書いてあった。

「お祖父様からの招待状」

最後に会ったのはいつだろう。

とても威厳のあるお顔をされていた。幼かった私にとって祖父は意味もなくただそこに存在するだけで怖い人だった。

お父様とお祖父様は仲が悪かったからあまり会うこともなく、ただの他人という感じだった。でもそれはお父様と私にも言えることね。お祖父様と違ってお父様とは同じ屋根の下で暮らしていて毎日のように姿を見かけたけど私たちは普通の親子ではなかった。

◇◇◇

後日、私は祖父の元を訪ねた。

「久しぶりだな」

「はい。随分と御無沙汰をしてしまい申し訳ありません」

「構わん。あれは儂《わし》を大層嫌っていたからな。その娘であるお前の足が遠ざかるのは自然なことだ」

あれとはお父様のことだろう。お祖父様はベッドの上にいる。

私の記憶よりもだいぶやつれ、お年を召していた。それはそうだろう。年月を感じるほどに会っていないのだから。

「こんな格好ですまないな」

こほんっと祖父は小さな咳をした。

「寄る年波には勝てんものだ。病を患ってしまってな。最近はずっとベッドの上で過ごしている」

「そうなんですね」

知らなかった。今がそうなら前の人生の時もそうだったのだろう。けれど、前の私は祖父よりも先に逝ってしまった。私だけではない。お母様も。

ご高齢のお祖父様よりも娘と孫が先に逝く。彼はいつも置いていかれる立場にあったのだ。悲しませてしまっただろうか。

お祖父様は泣いてくれたのだろうか。私の死を憐《あわ》れんでくれたのだろうか。それとも周囲に流されて、死んでいった私に失望したのだろうか。

「ずっと後悔をしていた。いくら可愛い一人娘の願いだからといってあんな男を夫として認めてしまったことを。あの男の本性を見抜けなかったことを」

お祖父様の目が私に向く。その目に私はどう映っているのか分からなくて怖かった。

「お前は、アトリ殿によく似ているな」

憎んでいるのだろうか。自分の娘を殺した男の娘である私を。

「だが、賢い。娘にもアトリ殿にもそこは似なかったようで安心した。以前のお前には自分がなかった。アトリ殿の言いなりになり、アリエスという毒を近くに置き続けた。このままいけば公爵家はアトリ殿の手によって滅びるだろうと思った」

では、なぜ。

「なぜ、そこまで分かっていて、なぜ」

湧き上がるのは怒りなのか、悲しみなのか分からない。

「なぜ動いてはくださらなかったのですか。お祖父様が動いてくだされば」

私は死ぬことはなかった。

湧き上がるのは『あなたさえ動いてくれれば私が悲惨な運命を辿《たど》ることはなかったのに』、『アリエスだって道を間違えなかったかもしれない』、『お父様とだって良好な関係は築けなくてももっとマシな終わり方ができたかもしれない』という自分勝手な想い。

「それでも良いと思った。いっそ滅んでしまうのならそれで構わないと。どんなに栄えていてもいつかは滅びる。生まれいづるが運命ならば死にゆくも運命。人も物も、家も同じだ。それが今でも構わないと思った」

私が死んだことに当然だけど意味はなかった。

私だけではない。他のどんな死でも意味などない。人は無意味に生まれ、無意味に死ぬのだ。生きている間に出来た軌跡だけが意味と価値を作る。

そして人に流されるだけの前の私の人生にはそのどちらも存在していなかった。だから殺されたのだ。『構わない』という理由で。

「私はラーク家に全てを捧《ささ》げて生きてきた。ラーク家に相応しいように常に気を引き締めて、家門に傷がつかないように権力に群がる者を見極め、利用して生きてきた。けれど娘が死んだ時全てが無意味に感じた。私が守ってきたものはなんだったのだろうか。人生の全てを捧げてきたのに、この家門は私の最愛の娘を守ってはくれなかった」

ああ、この人の目にはただの一度も私なんて映ってはいなかったのだ。

「スフィア、好きに生きよ。お前がラーク家を継ぐことを望むのなら後ろ盾になろう。女の身で家を継ぐことに文句を言う分家や邪魔をしてくる分家を黙らせる力ぐらいはある」

「……少し、考えさせてください」

◇◇◇

side.　ルドルフ

「やはり来たか」

スフィアが帰ってすぐに一人の青年がやってきた。きっと来るだろうと思っていた。

「最近、よく夢を見る。スフィアは以前のままアトリ殿の言うことを聞くだけで前に出ようとはしなかった。その結果、彼女は家を追われ、子爵家なんぞに嫁がされた。それから暫くしてお前さんが儂の元にやってきた」

その青年の身には懺悔《ざんげ》と後悔と憎しみと怒りと悲しみと様々な負の感情が渦巻いていた。

『スフィアが死んだ。彼女は夫となった男に殴り殺された』

彼の目からいくつもの涙が零れ落ちた。大の男が恥ずかし気もなく子供のように泣いていた。

『どうして、守ってくれなかった。あんたにはその力があった。あんたならできたのに』

青年はそう儂を責めるが、実際には自分を責めているようにも見えた。

スフィアはただ一人の孫娘。だが、私の最愛の娘ではない。あれを見る度に湧き上がるのは後悔と怒り。自分の罪を見せつけられているようで、死んだと聞かされた時も悲しみや後悔よりも安堵の方が大きかった。

「青年の遺体が川辺で見つかった。所持品からダハル・キンバレー子爵だと判明している。お前さんが殺したんだな」

青年は答えない。ニィッと笑ったその顔には狂気があった。

もし夢でも見たことが現実なら彼は一度スフィアを失っている。そして狂ってしまったのだろう。元から蛇の獣人はどこかしら狂っていると聞くが、喪失を知ったことでそれがより顕著になったのかもしれないな。

「ヴァイス殿下、王家の秘宝を使ったな」

王家の秘宝。ただ一度だけ願いを叶えると言われている。

「王家の秘宝でも死者を蘇《よみがえ》らせることはできない。だから時間を巻き戻すことを願った。スフィアが生きている時間まで。ただ、どの時間まで戻るかまでは選択できなかった」

そこまでして孫を愛するか。ただ……。

「スフィアにあるのは虚無だ……あの子は先の未来を視てはいない」

「構わない。彼女が死にたいと望むのなら一緒に死ぬだけだ。俺が欲しいのはスフィアとの未来ではない。俺が欲しいのはスフィアだけだ。彼女の望みは全て俺が叶える。だからお前は要らない」

ズルズルと何かがベッドの上を這う音がする。

儂はその音に耳を傾けて静かに目を閉じる。これでやっと楽になれる。娘と妻のいる場所に逝けるのだと思うと穏やかな気持ちにすらなれる。

儂は最低な祖父であっただろう。

どんなに最愛の娘の忘れ形見でもスフィアを愛することができなかった。あの子を見殺しにした。

あの子に何の罪もないことを知りながらも。

願う資格がないのは分かっている。今更なのも分かっている。

それでもスフィア、この先の未来に幸が多からんことを願っている。

◇◇◇

side. ヴァイス

ルドルフを殺して、スフィアの元に向かっている時、俺は今世でも殺すことになったダハル・キンバレーのことを思い出していた。

スフィアを殺した憎き仇。彼女を守れなかった俺の罪の象徴となった男の一人だ。


『ダハル・キンバレー、だな』

『これは、これは、ヴァイス殿下ではないですか。私めに何か御用ですか？』

ダハル・キンバレー。スフィアを殺した男。彼女を妻にできた幸運を生かせずに、自身の愛の重さで自滅した男。

『あ、の、殿下？　どう、されたんですか？』

スフィアに消えない傷をつけた男。今も尚、その恐怖でスフィアの心を占める。

『ぐっ』

ダハルを蛇の毒で気絶させた。

今は夜だし、彼が通っているこの通路に人影はない。どうしてそんな道を一人で貴族の男が歩いていたかというと彼には暴力衝動があって、時折抑えられなくなるとこういう路地裏で身寄りのないスラムの子供たちを攫《さら》っては殴り殺していた。

その衝動がスフィアに向いた。愛せば、愛するほど彼の疑心は強まり、暴力で相手を支配することで自分に縛り付ける選択をした。

俺は地面に転がるダハルの脚を持って予《あらかじ》め買い取っていた地下倉庫に移動した。

『ここら辺でいっか。よいしょっと』

スフィアの体にはたくさんの痣があった。隙間がないほどあった。

まずは同じぐらい殴ろう。

『ブヘッ、ガハッ』

頭は避けよう。問題があって死なれたら困る。殺し方はもう決まっているから。

殴って、殴って、殴り続けた。地面や顔に飛びちった血がダハルから出た血なのか、俺の拳から出た血なのか分からないほど殴り続けた。

ダハルが気を失う度に水をかけて起こした。気なんて失わせない。ずっと、ずっと痛みに耐え続けろ。スフィアが耐え続けたみたいに。彼女は何年も耐え続けたんだから。

『もぉう、やめて、くれ』

パンパンに腫れた顔のせいで上手く話せないのか、吃《ども》りながらダハルがそう言ってきた。

『あんたは止めなかったじゃないか』

『な、んの、話だ？』

『分からなくていいよ。不愉快な話だからね。あんたの存在ごと彼女の記憶から消せたらいいのに』

『ガッ、グアッ』

俺は懐から短剣を取り出して、彼の手を突き刺し、ぐりぐりと動かしてみた。ダハルは痛みで顔を歪めた。

使い慣れた剣ではなく、短剣にしたのはその方が長く生かせるから。剣の長さだと理性の糸が切れた時に間違えて殺してしまう可能性がある。

彼の死はスフィアを愛した時点で確定しているけど、すぐではない。

『痛い？　もっともっと、痛みを与えてあげる』

『あぁっ！』

次は太腿を刺した。その次は肩。次はどこにしよう。

『ああ、そうだ。君のその目を抉り取ってしまおう。もう二度とスフィアに惚れないようにするために、彼女を映すその穢《けが》らわしい目を排除してしまおう』

『ヒィッ、やめ、あああああっ』

目は二つとも取った。これで一安心だ。

『一番の問題は解決した。さぁ、続きをしようか』

ダハルの顔が絶望に染まる。この程度で絶望するなんて。まだまだ物足りないのに。

日の差さない薄暗い地下では時間の流れが分からない。

ダハルを監禁してからどれだけ弄んだのか分からないけど、気がついた時にはダハルは悲鳴すらもあげられない状態になっていた。

ヒューッ、ヒューッと僅かに聞こえる呼吸音だけがまだ生きていることを伝える。

彼女の死に関わった全ての者を殺した。その中には自分の弟も入っていた。

本当はワーグナーが彼女の婚約者だと分かった時点でずっとワーグナーを殺したくて仕方がなかった。何度も頭の中でワーグナーを殺した。彼が目の前で血まみれになる白昼夢を何度も見た。

でも、実行には移さなかった。それが異常であることを知っていたから。

常識人のふりをした。正常を装った。その結果、この世で最も大切にしたい人を不幸にして、一人で死なせた。

だから決めた。今度は躊躇わない。彼女を守るために、彼女を傷つけるもの、彼女を貶めるもの、全てを排除しようと。

狂っていたって構わない。それで守れるのなら。もう他人に彼女を委ねたりしない。彼女を幸せにするのも、彼女の望みを叶えるのも全て俺だ。

その望みが自身の死だと言うのなら俺が彼女に安らかな死を与える。でも、一人で死なせたりはしない。愛しい彼女の骸《むくろ》を腕《かいな》に抱いて後を追おう。

「愛しているんだ、スフィア。俺の番、俺の唯一。君だけ、君だけなんだ。君だけが俺の心を揺り動かす」

『あの子は先の未来を視てはいない』

構わない。俺はただ、スフィアが幸せならそれでいいんだ。彼女が俺の元で幸せなら、未来を視ていなくても。

「死を望むのなら与えてあげる、スフィア。一緒に死のう。死んで幸せになろう」

だって、君を不幸にするのなら未来もこの世界も必要ないでしょう。

XXXII. 世界を壊したいほど、君を愛している

自由に生きなさいと言われてもどうすればいいか分からない。

ふとこのまま何もかも投げ出してどこか遠くに行こうかとも思う。ギルメールもいるし、当分の間私が公爵家にいなくても何も問題ないのではないかと。

「復讐の先には何もない……本当ね」

物語でよく書かれる文言だ。

正義感の強いヒーローやヒロインが美しい心根で悪役を諭す為に使われる言葉。でもそこには復讐を望む悪役のこれまでの道や想いには一切配慮がされていない。ただ綺麗なだけの言葉。だからいつだってその言葉は悪役には響かず、彼らはいつだって悪役を倒して殺人者になるのだ。ただ彼らと周囲がそれを殺人だと判断しないだけ。

状況や環境、関わる人間の人柄によって殺人はいつだって正当化されてきた。全てを滅ぼしたいと望む悪役と全てを救いたいと願うヒーローとヒロイン。傲慢なのはいったいどっちなのだろう。

「馬車を止めて。少し歩きたいわ」

私は伴《とも》をすると申し出た御者に「一人にして」と命じて街中を歩く。特に目的はない。ただ街中をいろんな目的で闊歩《かっぽ》している人たちを見ながら私も彼らの真似をして街中を闊歩する。

この道をずっと真っすぐ進み続けたら最終的にどこへ行きつくのだろう。どこまで行こう。どこまで歩き続けよう。何もない。

やりたいことも、何も。一度起こってしまった未来を回避することに精一杯で、その先を考えてはいなかった。結局、誰よりも未来を回避したいと思いながら誰よりも回避できないと諦めていたのは自分だったのだ。

私は足を止めて前を見る。

道はどこまでも続いていた。今ならどこにでも行ける。でもどこにも行く場所なんてなかった。だからどこにも行けないのだ。

「どこへ行くの、スフィア？」

「……ヴァイス殿下」

目の前に立つヴァイス殿下はうっすらと笑いながら私に近づいてくる。笑っているのに目が笑っていない。

どうしたのだろう、どうしてここに居るのだろうと考えていると気が付けば私はヴァイス殿下の腕の中にいた。

「ダメだよ、スフィア。一人でどこかに行ってはダメだ」

ヴァイス殿下の体が震えていた。

「……置いていかないで」

縋るように囁かれた声はか細く、こんなに弱々しいヴァイス殿下は初めて見た。

「どこに行こうと君は自由だ。君が望むのならどこへでも連れていってあげる。君の望みは何でも叶えてあげる。だから俺の目の届く範囲に居て。俺の傍を離れないで。俺の腕の中に居て」

「ヴァイス殿下」

「愛しているんだ」

それはまるで慟哭のように。

「誰よりも何よりも、愛しているんだ、スフィア。俺の運命。俺の唯一。俺の番《つがい》。君だけだ。君だけなんだ。君だけが俺の世界、俺の全てなんだ。もう二度と君を失うのは嫌だ。心をくれなくてもいい。愛を返してくれとは言わない。その資格が俺にはない。だけど、お願いだ。拒まないでくれ。傍に居させてくれ」

◇◇◇

side. ヴァイス

俺の世界は一度、色づいた。けれどすぐにモノクロに変わり、そして最後は腐敗した。

愛した人がいた。でもその人には既に婚約者がいた。弟の婚約者だった。彼女が、スフィアが俺以外の男の傍にいるのを見るのが嫌で俺は早々に外国へ逃げた。その日のことを酷く後悔することにな

ると は知らずに。

「……スフィアが、死んだ」

その報《しら》せはある日突然俺の元へ届いた。慌てて帰国した俺を待っていたのは変わり果てた彼女の姿だった。

誰かが叫んでいた。

空間を揺るがすほどの大きな叫びだった。

喉《のど》が痛くて、吐血した。喉が切れたのだと理解した時、先ほどから叫んでいたのが己なのだと自覚した。

どうして傍に居なかった。どうして傍を離れた。どうして国外に逃げた。

君が俺以外の男の隣で笑っている姿を見るのなんて君を失う痛みに比べたら大したことなかったのに。笑って受け流すぐらいできたのに。

「スフィア、すまない。すまない、スフィア。俺のせいだ。俺がもっと強かったら、君を守れたのに」

スフィアは強盗に襲われて殺されたと聞いた。けれど彼女の遺体は痣だらけでそれは古い物もあった。強盗というのが虚言であることは彼女の遺体を見れば分かる。

けれど彼女の遺族が調査を望まない以上、たかが下級貴族の夫人となったスフィアの死をわざわざ調査する者はいなかった。

「どうして、お前はスフィアの傍に居なかった。どうしてスフィアの伴侶となれる栄誉を自らの手で手放した」

スフィアの葬儀の後、俺はワーグナーの元を訪ねた。

「栄誉？　兄上は気でも狂われたのか」

ああ、本当に気がおかしくなりそうだよ。スフィアが死んだというのに誰も悼まない事実が、お前がスフィア以外の女を傍に置いているという事実が。こんな奴に俺はスフィアを譲ったのか。こんな奴のせいでスフィアは死んだのか。

「あんな地味な女、王子である俺の伴侶に相応しくはない。俺のような男にはアリエスのように可愛く、聡明な女こそ似合う」

「まぁ、ワーグナー様ったら。嬉しいですわ。お姉様の死はとても残念ですけど、仕方がありませんわね」

「仕方がない？」

「因果応報ですわ。国外にずっとおられたヴァイス殿下はご存じないようですが、お姉様はいろんな殿方と関係を持つ、性に少々好奇心旺盛なところがありましたし、気に入らない者は公爵家の権力を使って貶めてきました。私も何度お姉様に虐められたことか。あの日を思うと夜も眠れませんの」

「黙れ」

死人に口無しとはよく言ったものだ。

どのような虚言を吐こうと死者には反論することすらできないのだから。けれど、俺の前でスフィアを貶めるとは悪手だったたな。

「きゃあっ!!」

俺は腰に下げていた剣でまず、ワーグナーの腹を刺した。

「俺は黙れと言ったはずだ」

叫ぶ女の口を蛇に塞がせた。

「どう、殺してやろうか。なぁ、スフィア。どんな最期を彼らに望む？　残虐に苦しめてやろうか？　何度も君の心をズタズタに引き裂いたように、彼らの体をズタズタに引き裂いてやろうか」

刺された腹部を押さえながら床に這いつくばるワーグナーの手を剣で突き刺した。

女の叫びで部屋に飛び込んできた使用人は全員蛇の毒で殺した。

「そうだ、それがいい。そうしよう」

ガタガタ震えるワーグナーとアリエスを見て俺は高笑いしながら何度も何度も彼らを剣で突き刺した。ポタポタと雫《しずく》が俺から落ちた。泣いているのだと分かった。彼らを笑いながら刺している俺の目から涙が流れていることに嫌悪する。

「止めてくれ。そんな資格ないんだ」

泣くなんて許されない。

全部、俺が悪いんだ。俺が逃げたから君を守れなかった。全部、俺のせいなんだ。

「ヴァイス殿下、何をされている」

「ああ、公爵……ワーグナーにその地位を譲ったから前公爵になるのか」

アトリは俺に何度も刺されながらまだ生きているアリエスの元に駆けよる。虫の息ではあるがまだ二人とも生きている。ちゃんと加減したからな。

「よくも、よくも娘を」

アトリは俺を睨みつける。憎むべき仇のように。

「あんたの娘はスフィアだろ」

「違うっ！　アリエスは俺と俺が心から愛した女の娘だ。俺の本当の娘はアリエスだけだ。あの毒婦の腹から生まれたスフィアと一緒にするな」

「はっ。俺がいつスフィアとその木偶人形を一緒にした？　冒瀆するな。いつまでも被害者面するなよ。お前は公爵という地位に目が眩《くら》んで恋人を捨てただけだろ」

「違うっ！　ロクサーヌが権力を使って無理やり」

「本当に愛しているのなら地位も財産も何もかも捨てて愛した女と一緒になれば良かったんだ。スフィアには何の関係もなかったことだ。お前たちの罪を、お前たちの行いを彼女に被せるな」

俺はワーグナーとその妻、スフィアの父親とラーク家に仕える使用人全員を殺して、邸に火を放った。

「スフィア、君を閉じ込めていた牢獄を壊したよ。待っていてね。全部終わらせたらもう一度始めるから。一度、全てをリセットしよう。この世界は君を迎えるには相応しくないから」

ラーク家を出た俺はスフィアの祖父と彼女の夫であるダハル・キンバレー子爵を殺した。そしてそのまま王宮の地下に向かった。止める者は皆、殺した。

「愚弟よ、それは確かに王家の秘宝と呼ばれている砂漠の薔薇《ばら》だ。願いを叶えると言われているが眉唾物だぞ」

王宮の地下深くに眠るそれを手に取ると入口付近に寄りかかった兄、ヴィトセルクが面白そうに俺の手にある秘宝を見る。

「可能性があるのなら試すだけだ」

「そうか。お前たち獣人の情の深さを見る度に哀れに思うよ。お前たちはいつだって囚《とら》われている」

俺はヴィトセルクの言葉に苦笑しながら砂漠の薔薇を使った。

◇◇◇

私は今、ヴァイス殿下の邸に居る。

殿下は馬車を使用していなかったので私の馬車でヴァイス殿下の邸まで行った。そこでヴァイス殿下から前の人生についての真実を語られた。

どうして私に二度目の人生が与えられたのか。そしてアリエスの出生の秘密も。

「アリエスはお父様とヘルディン男爵夫人の間にできた子でしたのね」

「ああ」

それで納得だ。いくら自分の血筋である家の娘とはいえ可愛がりすぎだと思っていた。もしかしてアリエスに対してひとかたならぬ想いでも抱いているのではないかと疑ったこともある。けれど愛した人との間にできた自分の娘なら仕方のないことだったのかもしれない。

「ヴァイス殿下には記憶があったのですね。一度目の人生の」

「ああ」

「ヴィトセルク殿下には？」

「確認はしていない。でも、砂漠の薔薇を使った時に傍に居たから可能性はあると思う」

「そうですか」

「恨んでいるか？　君を守れなかった俺を」

恐々と聞くヴァイス殿下は珍しく、思わず笑ってしまった。

「あなたに罪はありません。全ての原因は私にあります。流されることしかできなかった。意志を持てなかったからこそ起こってしまった事象の一つ。選択した時点で確定された未来が何なのか人は知る術を持ちません。だから当時、第三者でしかなかったあなたに背負うべき罪はありません」

感謝はしても恨むことはない。だってこの人生はヴァイス殿下に与えられたものなのだから。

「殿下、ありがとうございます。私に二度目の人生を与えてくれて、機会を与えてくれて、ありがとうございます」

ツーッとヴァイス殿下の目から涙が零れた。私は気づいたら殿下の手を引いて、抱きしめていた。ヴァイス殿下は体を強張らせていたけど、恐る恐る私の背に手を回した後は力を抜き私に身をゆだねてくださった。

「愛しているんだ、スフィア」

「はい」

「愛している」

私の存在を確かめるように何度も何度もヴァイス殿下は囁いた。「愛している」と。

私の為に気を狂わせてしまったこの人を、それでもただ一途に私を思い続けてくれたこの人をどうして拒むことができるのだろうか。

復讐を終えて、虚しさだけが私に残った。

全てを捨ててどこか遠くへ行こうかとも思った。けれど街中を闊歩してどこにも行く当てがないのだと分かって、どうすることもできなかった。この虚しさをこの人となら埋められるかもしれない。今度こそ幸せになれるかもしれない。幸せになろうと思った。

◇◇◇

side. ヴィトセルク

「ヴィトセルク殿下、嬉しそうですね」

俺は妻のリオネスと一緒に弟であるヴァイスとラーク公爵の結婚式に参加していた。

「まぁな。色々あっての、漸《ようや》くの結婚だからな。恋が成就することはないと思っていたからそれなりに嬉しいよ」

「まぁ。うふふふ。そうですね。確かにここしばらく公爵の周囲は騒がしかったですものね」

「ずっと騒がしかったさ。それで一度失った。二度目が与えられた時、神様ってのは本当にいるのかと柄にもなく思ったよ」

「？」

何のことだか分からないというリオネスを抱き寄せてその額にキスをする。

「運命を凌駕《りょうが》する愛は奇跡だって起こせるんだ。それって究極だと思わないか」

「よく分かりませんが、本当に殿下らしくありませんわね。でも、愛はいつだって究極ですのよ。もちろん、私の殿下に対する想いもですわ。愛しています、殿下」

「俺も、愛しているよ。リオネス」

周囲が弟とラーク公爵の誓いのキスに注目している時にこっそりと俺もリオネスにキスをする。

「もぉ」と頬を赤らめるリオネスは最高に可愛くて、幸せな気持ちになった。

ヴァイスも漸く恋が成就して幸せそうに笑っている。

絶望に満ちた顔をしたヴァイスに一度会っているからこそ今のアイツを見て人一倍嬉しくなる。

「ヴァイス、幸せになれよ」

XXXIII. 蛇は腕の中に獲物を捕らえた

side. ヴァイス

結婚式を終えた日の夜、スフィアは俺の腕の中で眠っていた。彼女に自分を刻むことができた喜びで加減ができなかった。しばらくは起きないだろう。

まだ信じられない。自分の腕の中でスフィアが眠っているなんて。

眠っている彼女の額にキスをする。鼻、頬、口元、首筋、胸元にもキスをする。

「スフィア」

これ以上は自制が利かなくなりそうだからこの辺で止めておかないと。

「もう二度と、君を手放さない」

その結果を嫌と言うほど思い知ったから、この腕に閉じ込めて誰にも傷つけさせないように守ろう。

その代わり、たくさん愛情を注ぐから、絶対に幸せにするから。だから俺の腕の中から飛んでいかないでね。もし、君が飛んでいってしまったら今度こそ俺は何をするか分からない。

俺は君に狂っているんだ。

「愛してる、スフィア。君だけだ、君だけなんだ。俺の番、俺の唯一」

◇◇◇

『愛してる、スフィア。君だけだ、君だけなんだ。俺の番、俺の唯一』

いつの間にか眠ってしまったようだ。完全には覚醒していない意識の中で懇願にも似たヴァイスの声が聞こえた。

この人は私に狂っている。私なしでは生きてはいけない。もし、私が彼の元を去ったら自殺でもしかねない程に狂ってしまったんだ。

そこまで私を愛してくれている彼に嬉しくなってしまう時点で私も狂っているのかもしれない。

まだ使用人が起こしにくるまでには時間がある。私はヴァイスの腕の中でもう一眠りすることにした。すると、ヴァイスはぎゅっと私を抱きしめる腕に力を込めた。子犬が縋り付いているみたいで可愛い。ヴァイスは犬じゃなくて蛇だけど。

◇◇◇

「ヴァイス、いい加減にしてください」

結婚から一ヶ月が経った。

「だって……どうしても行かないとダメなの？」

「……上目遣いで見てきてもダメですよ。今回ばかりは言うことを聞くわけにはいきません」

「チェッ」

獣人の番に対する溺愛ぶりは途轍《とてつ》もないと聞いていたけど、これ程とは。

「社交は仕事の一つであり、義務です」

結婚してから一度も社交界に出ていない。というのも今日のようにヴァイスが嫌がり、あの手この手で邪魔をしてくるからだ。

「だから俺が一人で」

「却下です」

夫婦なのに夫だけが参加するとあっては夫婦仲が悪いですと歩いて宣伝してまわるようなもの。夫婦仲が悪い貴族は多いけど、私たちの関係は至って良好。わざわざマイナスなことを触れ回る必要はない。そんなことをすればどんな馬鹿が現れて、どんな馬鹿なことを仕出かすか分からない。

結婚した今でもヴァイスは数多《あまた》の令嬢たちに人気なのだ。いや、王太子の補佐として、また騎士団長として立派に務めを果たしているヴァイスの人気は上がる一方なのだ。

そんな状態で夫婦仲が悪いなんて嘘の情報が出回ったら後釜にと考える令嬢が出るのは必至。そんな人たちの排除は面倒だし、時間も労力も使う。私はそんなことを進んでしたくはない。

それこそ百害あって一利なしではないか。

「俺以外の男の目に君を映すなんて想像するだけでも嫌なのに」

拗《す》ねたようにそっぽを向くヴァイスだけど、指に私の髪を絡めて遊んでいる。ヴァイスのことは大体分かってきた。これは本気で拗ねているのではなく、拗ねたふりをして構ってもらおうとしているのだ。

蛇なのに犬みたいな人だ。まぁ、そこが可愛いのだけど。

「ちょっと挨拶したらすぐに帰るから、ね」

ヴァイスは大きなため息をついた後、ぎゅっと私を抱きしめた。

「絶対だからね。もし、変な男が少しでも近づいてきたらすぐに連れて帰るから」

「はい」

……出かけるのも一苦労だ。

しかも了承した後も久しぶりに夜会用のドレスを着た私を見て「やっぱり止めない？」と言ってきた。

「止めません」

「じゃあ、もう少し違うドレスにしない？」

そう言いながら何度着替えさせられたことか。

「これ以上は遅れるわ」

もしかしてこうやって時間を稼いで私を行かせないつもりだろうか。疑いの目で彼を見るととても良い笑顔を向けられてしまった。最近分かってきたことだが、ヴァイスは笑顔で押し通そうとするところがある。

「ドレスは変えません。もう、ほら、行きますよ。エスコートしてください、旦那様」

「着飾ったスフィアを他の人に見せたくない」

「あなたが買ったドレスと宝石ですよ」

ヴァイスは結婚してからもたくさんのドレスと宝石をプレゼントしてくれた。毎日のように続き、ドレス用の部屋をいくつ作っても足りなくなるぐらいだった。けれど、私を他の人に見せたくないと言って外出を嫌がるヴァイスのせいで袖を一度も通さないまま眠っているドレスばかりだ。

「行きますよ、ヴァイス」

「……分かった」

嫌がるけど、私がどうしてもという時はお願いを聞いてくれるので困るけど問題はない。今日も本当は私を社交界に出すのが死ぬほど嫌だけど私がお願いをしたので許可をしてくれたのだ。

「さっさと行って、すぐに帰ろう。友達と交流したいのなら邸に呼べば良いだけだしね」

友達と呼べる人はヴァイスを通して知り合いになったリオネス王太子妃だけだ。

「そうですね」

私はヴァイスのエスコートを受けながら久しぶりの社交界に出た。

「まぁ、珍しいですわね。ラーク公爵夫妻だわ」

「久しぶりだな。噂ではヴァイス殿下が公爵を好きすぎて外に出したがらないとか」

ええっ、そんな噂が出回っていたんだ。結婚してから社交界に出る回数が減ったから知らなかった。マイナス面の変な噂が流れていなくて安心したけど、今流れている噂も気恥ずかしくて、できれば消し去りたい。

「会場が騒がしいと思ったら珍しい客が来ているな」

「ヴィトセルク殿下、リオネス王太子妃」

慌てて礼を取ろうとしたらヴィトセルク殿下に止められてしまった。

「ヴァイスと結婚したそなたは俺の身内だ。そう畏まるな」

「はい」

「ヴァイス、あまり束縛ばかりすると嫌われるぞ。程々にしろよ」

「……分かっています」

と、言いながらも目を逸らしてかなり不満そうだ。

「久しぶりの社交界だ。楽しんでいけ」

そう言われたけど結局、挨拶を終えて二時間程度過ごして帰ってきてしまった。まぁ、二時間もいられたのはヴァイスがかなり譲歩したからだけど。

「俺のこと、嫌いになったか？」

ベッドで休んでいると不意にヴァイスが不安そうな顔で聞いてきた。もしかして、ヴァイスなりにヴィトセルク殿下の言葉を気にしているのかもしれない。

この人って意外と愛されることに自信のない人なのね。ヴァイスの意外な一面を見て笑ってしまった。

「スフィア?」

「ごめんなさい。ヴァイス、私があなたを嫌いになることはありません」

「本当?」

「ええ」

「絶対?」

私はヴァイスの口に軽いキスをした。

「絶対です。愛しています、ヴァイス」

「スフィア」

ぎゅっとヴァイスが抱きしめてくる。

「でも、たまには外出したり社交界に出たりしたいので程々にしてくださいね」

「……善処する」

信用できない。

でも幸せそうなヴァイスの顔を見るとまぁ、良いかと思ってしまう。だって今、とても幸せだから。

あとがき

この度は「あなたが今後手にするのは全て私が屑籠に捨てるものです」をご購入いただきありがとうございます。

蛇の獣人をヒーローにしたものを書きたいなと思ってこの物語を作ることになりました。特に構想と呼べるものはなく、ただ蛇の獣人らしく執着心の強いキャラでヒロインを独占しまくる、胸キュンな作品を！と書き始めたので、掲載中は読者の方から様々な意見がありました。

その意見を元に軌道修正したり、当初はなかった設定を盛り込んだり、読者の方からの指摘で設定の甘い部分が発覚した箇所は詰めたりしたので私が作った作品というよりかはみんなで作った作品という認識が強いです。

盛り込まれているかは微妙かもしれませんが、メインキャラとなるヴァイスは「格好良い」だけではなく、「可愛い」さも入れたいなと思っていました。スフィアにだけに見せる弱さや甘えが普段の格好良いや他者に対する残忍さのギャップがあり、そこが彼の魅力だと考えています。

気に入っていただけると嬉しいのですがクセの強いキャラのような気がするのでそこは意見が分かれるかなとも思ってます。

ヴァイスが一番のお気に入りですが、今回殆んど登場しなかったエーベルハルトも私のお気に入りです。ヴァイスに似た気質ではあるけど、彼よりも闇が深いキャラなので一番敵に回したくない人ですね。

構想が全くない状態から書き始めてしまった作品なので最初はどこかでストップしてしまうかもと

懸念してました。けれど、最初から最後まで手を止めることなく書き続けられて良かったです。

一番悩んだのは物語の着地点ですね。これは読者の方からスフィアの祖父母はどうなっているのかという指摘を受けて、何も考えていなかったけど作品に盛り込んでみようかなと考えた結果、着地点が見えてきた感じです。

アリエスやワーグナーの最後があっさりしすぎという意見もありますが、回帰前にヴァイスによって惨殺されているのでそこも考慮した結果ですかね（笑）。もう少し何かあっても良かったかなと私も悩んだのですが、たまにはこういうあっさり系もありかと思い、そのままにしました。

自画自賛になってしまうのですが、私自身この作品をとても気に入っています。なので書籍化できたら良いなと思っており、今回それが叶ったのでとても嬉しく思います。これも皆様のおかげです。

編集者様、御子柴《みこしば》リョウ様、そして多くの意見を下さった読者の皆様、ありがとうございます。

音無《おとなし》砂月《さつき》

ファンレターはこちらの宛先までお送りください。

〒110-0015　東京都台東区東上野2-8-7
笠倉出版社　Niμ編集部

音無砂月 先生／御子柴リョウ 先生

あなたが今後手にするのは全て私が屑籠に捨てるものです

2023年2月1日　初版第1刷発行

著者
音無砂月

発行者
笠倉伸夫

発行所
株式会社　笠倉出版社
〒110-0015　東京都台東区東上野2-8-7
[営業]TEL　0120-984-164
[編集]TEL　03-4355-1103

印刷
株式会社　光邦

装丁
AFTERGLOW

Niμ公式サイト　https://niu-kasakura.com/

ISBN　978-4-7730-6408-7
Printed in Japan